草上的微光

草にすわる

[日] 白石一文 著
王蕴洁 译

四川文艺出版社

图书在版编目（CIP）数据

草上的微光 /（日）白石一文著；王蕴洁译．—成都：四川文艺出版社，2021.9
ISBN 978-7-5411-5707-3

Ⅰ．①草… Ⅱ．①白… ②王… Ⅲ．①中篇小说—小说集—日本—现代 Ⅳ．①I313.45

中国版本图书馆 CIP 数据核字（2020）第 267040 号

Original Japanese edition published by Kobunsha Co., Ltd. in 2003.
Republished as a paperback by Bungeishunju Ltd., in 2021.
Publishing rights for Simplified Chinese character arranged with Kobunsha Co., Ltd. Through KODANSHA LTD., Tokyo and KODANSHA BEIJING CULTURE LTD. Beijing, China.
本书中文翻译由台湾皇冠文化集团授权使用。

版权登记号：图进字 21-2020-124

CAOSHANG DE WEIGUANG
草上的微光
〔日〕白石一文 著　王蕴洁 译

出 品 人　张庆宁
策划出品　北京磨铁文化集团股份有限公司
责任编辑　陈雪媛
责任校对　汪　平

出版发行　四川文艺出版社（成都市槐树街 2 号）
网　　址　www.scwys.com
电　　话　028-86259287（发行部）　028-86259303（编辑部）
传　　真　028-86259306

邮购地址　成都市槐树街 2 号四川文艺出版社邮购部　610031
印　　刷　天津旭丰源印刷有限公司
成品尺寸　146mm × 210mm　　开　　本　32 开
印　　张　6.75　　字　　数　145 千
版　　次　2021 年 9 月第一版　　印　　次　2021 年 9 月第一次印刷
书　　号　ISBN 978-7-5411-5707-3
定　　价　45.00 元

目 录

contents

草上的微光

1

最近，洪治偶尔会想起奔赴战场的那些人。

无论是日本、美国或英国参与的战争，还是目前在世界其他地方延烧的战火中，除了一小部分的长官以外，所有的士兵都不知道自己在那里做什么，却莫名其妙地送了命，还有人正准备送命。中东盛行自杀袭击，那些从未成年时就被灌输仇恨非伊斯兰世界思想的年轻人抱着炸弹或是乘车冲进犹太人或是美国人的人群中自杀。即使是这种乍看之下似乎是出于自愿的行为，如果站在综观整体的立场，就会发现他们只是受到他人的操控去送死而已，应该和太平洋战争末期的“神风特攻队”队员相差无几。

洪治认为，杀人行为都是蝼蚁和蝼蚁的自相残杀，很少有其他的状况。在他辞职前一年的一九九八年，曾经和当时交往不是太深的公司女同事一起去电影院观看汤姆·汉克斯主演的《拯救大兵瑞恩》，看到士兵在德军防卫线的诺曼底海岸登陆后接二连三地遭到枪击的画面，不禁感到一阵揪心，原来士兵都是这样像蝼蚁般死去。前几天，他去录像带店租了裘德·洛主演的《兵临城下》，发现裘德·洛饰演的瓦西里·扎伊采夫这个真有其人的神枪手和他的战友准备越过冬天的伏尔加河，保卫已经成为一片废墟的斯大林格勒时，遭到德军战机的机关枪扫射，他的战友像蝼蚁般赔上了性命。好不容易躲过一劫的牧羊人瓦西里用猎鹿的方法连续不断地狙击德军将校，并因此成为俄国英雄。那些被他打死的将校也死得轻如鸿毛。这部电影里，只有男主角的演技和优美的影像这两个可取之处。

最近，洪治经常思考那些上战场的人的种种。

洪治在已经空无一人的家中睡到上午十点才终于起床，吃完了母亲给他准备的简单早餐：酸梅昆布饭团、洋芋炖肉和速腌白菜。然后回到二楼房间，他隔着窗户远望庭院内含苞待放的梅花，思考着那些奔赴战场的男人。

虽说是死得轻如鸿毛……洪治这么想道。

像蝼蚁般死得轻如鸿毛到底是怎么一回事？如今是一月，已经不见蚊蚋的踪影。然而，想到蝼蚁的死，就会想到用手打死蚊蚋的情景。仔细想一想，就会发现自己根本无法想象蚊蚋的生活方式，也不可能了解它们的死。但它们不管三七二十一地抖着翅膀飞来飞去，贪婪地向身体比它们大数千倍的猎物挑战，比起那些被带往战场、死得毫无意义的士兵，它们的生命实质更确实、更强而有力。至少它们不是因为别人的命令冲向敌人，即便最终难逃一死，也比那些士兵更具有主动性。所以，自己把那些士兵之死比喻为蝼蚁或许太狂妄而又无知。

大部分人甚至比蝼蚁还不如，这点应该千真万确。洪治这么想。

“至少我绝对不如蝼蚁。”他自言自语道。

即使不当蚊蚋，如果可以做到不吸他人的血就能生存，他或许可以活得更像样一点。应该是受昨晚看的刚租来的韦斯利·斯奈普斯主演的《刀锋战士》的影响，他才会产生这种想法。斯奈普斯扮演的日行者虽然是吸血鬼的一分子，却拥有可以在白天活动的特殊体质，是独自挑战企图支配人类的吸血鬼组织的超人英雄，简直帅得令人头皮发麻。

去年夏天上映的第二部也已经推出了录像带，要赶快找时间租来看。洪治突然想起昨天看完后，难得带着兴奋的心情上了床。

现实当然和电影不同，但无论是连续剧、卡通、电影，还是小说，都不厌其烦地以杀人为题材，实在不敢恭维。《拯救大兵瑞恩》和《兵临城下》都算是根据史实改编的，然而，昨晚的《刀锋战士》，还有《星球大战》《木乃伊》《哈利·波特》《魔戒》《侏罗纪公园》或《汉尼拔》，每部作品除了大肆杀戮人类或动物以外，几乎没有像样的故事情节。

如果发生了战争，人们是会对这种假想的过度杀戮感到腻烦，还是对杀戮产生真实感而感到更加兴奋？洪治不禁对此产生疑问，很想了解以前世界大战时电影是怎么拍的，但他猜想应该是前者。任何人都想让杀人停留在虚构的世界中，如果那些都是雅克佩蒂[1]式的纪录片，想必任何人都不会踏进电影院或是录像带店。

现实中的战场是由疯狂支配的世界，发动和指挥战争的人往往都是被不同种类的、更极致的疯狂附了身。无论是

1　瓜蒂耶罗·雅克佩蒂（Gualtiero Jacopetti，1919—2011），意大利著名的“蒙多”残酷派纪录电影大师，代表作有《蒙多坎迪多》。

小布什、萨达姆、本·拉登，还是眼下被取了一个绰号叫“布什宠物”的布莱尔，他们在做某些事时，应该根本不知道自己究竟在干什么。

这种不切实际的感觉，让他觉得自己和创作这些杀戮小说、杀戮卡通、杀戮电影的人，以及那些电影中的主人翁并没有什么不同。

总而言之，这个世界既没有谎言，也没有真实。

洪治觉得“既没有谎言，也没有真实”这句话实在是太精辟了。在他还是小学生的时候，就已经亲身感受到了这一点，直到今年四月中旬即将迈入而立之年的目前为止，从来没有任何经验让他修正这种体悟。

昨晚观看《刀锋战士》之前，洪治看了同时租回来的A片。片中的AV女优脸上和身上被人涂上精液，却还要显出快乐的样子。洪治不禁思考，不知道她拍这部A片可以获得多少报酬。如果在她仍是处女的时代，让她看这种录像带，要求她做相同的事，她一定会说：“即使给我一亿日元，我也不要！”如今她到底收了多少钱才愿意拍这部片子？拍过这部片子之后，她不会产生什么心理阴影吗？洪治一直都在想这些无聊事。

她应该也是不知道自己在干什么的人之一。

她一定在内心认为，做这种工作的不是自己，而是另一个自己。然而，如果有人问她，真正的她到底在哪里，她恐怕也答不上来。她在“没有谎言，也没有真实”的世界里甚至不能说是生存，只是一味地浮沉。所以，就像小布什和萨达姆可以无所不做一样，她也可以无所不能。

然而，有朝一日，他们会对自己的所作所为、对这种廉价的职业感到厌烦不已。总统和首相在任期结束后，就可以结束这种生活。两三年后，AV 女优也会被观众遗弃，无法继续拍片。相较之下，独裁者似乎比较痛苦。无论再怎么厌倦，也不能放弃不是自己的另一个自己，因为独裁者一旦失势，就等同于生命画上了句号。

洪治认为，那些走红多年的艺人也和独裁者差不多。

昨晚还看了 Downtown[1] 的节目，发现最近的松本人志一点都不好笑。不仅观众对他厌倦，更可以清楚地发现他对自己的表演也感到疲惫。洪治一直都很喜欢优香，所以去年七月得知松本和优香交往的消息时，比之前他被人发现和常盘贵子交往更令洪治发自内心地感到羡慕，但看着他在电视上那张历尽沧桑、一副穷酸相的脸，这种羡慕的

1 日本的搞笑组合，包括松本人志和滨田雅功两名成员。

一大部分都荡然无存了。即使出了名，即使可以和好几个女明星上床，这种事一旦变成日常生活，就会令人厌烦。昨天看着松本，洪治再度有了深刻的体会。

但松本因为仍然走红，所以就一如往常地工作，想必他周遭也有很多麻烦事。如果要说他可怜，他还真可怜。

2

将目光从庭院移开后，并没有其他事可做，洪治像往常一样躺在床上休息，帮助消化。

前年年底，洪治罹患急性胆囊炎，动手术切除了胆囊。手术的名称为腹腔镜胆囊切除术，是在腹部打四个小孔，插入内视镜，从脐下切开的较大切口处取出胆囊的小手术，只住院治疗了十天左右。之后过了整整一年，腹部的情况仍然没有完全恢复。胆囊的作用是储存、浓缩食物消化所必需的胆汁，胆汁是由肝脏制造的。即使切除胆囊，生活也不会受到影响。但失去胆囊后，洪治感觉身体出现了许多微妙的不适。仔细思考发现这也是理所当然的，身体的每个器官都是人体所必需的，所以才会在进化的过程中保留下来，更何况切除内脏之一的胆囊，当然不可能不发生任何问题。

手术后半年的去年夏天，情况已经大为改善，但每次吃完饭不久，下腹部就会出现一阵绞痛。刚出院那一阵子，每次吃完饭就会直奔厕所拉肚子。尤其是吃完油腻食物、蛋类、牛奶，以及咖啡和巧克力等刺激性食物，更是每吃必中，根本无法在外用餐。

洪治请教了医生，医生说应该是精神性的，除了开了一些整肠剂处方以外，并没有进行特别的治疗。于是因为身体状况不佳，再加上经济问题，洪治终于放弃离职后两年半的独立生活，于去年二月搬回并不宽敞的老家。

他躺了三十多分钟，肚子似乎安静下来了。

一看桌上的闹钟，发现刚好十一点。洪治下了床，面对着北侧墙壁，在床和桌子之间的空间做了十五分钟简单的伸展操，脱下睡衣，换上深蓝色的运动裤和白色网状衬衫的路跑训练服，再披上深蓝色防风外套。虽说是路跑训练，其实是出家门，跑到一千米外的运动公园，在五百米的跑道上跑六圈后再跑回来，总共只有五千米左右而已。从去年九月开始，除了雨天之外，他从未间断，就连除夕和元旦也照常上路。

手术后的不适出乎意料地持续了很久，他总觉得光靠静养无法复原。其实，夏天之后突然开始发胖才是他开始路跑的最大原因。

“洪治，你的下巴几乎都看不到了。”

那次听曜子这么说之后，洪治赶紧称了一下体重，发现不知不觉中竟然胖了八公斤。他自己也吓到了，立刻决定开始跑步。

洪治在上午十一点半准时走出玄关。

今年冬天的寒冷近年来少见。洪治的住家位于埼玉县靠近岩槻的地方，以前这里是一整片农田和湿地，经过开发后成为住宅区，所以气温很低。新年时，关东一带降下瑞雪，周围大约有五厘米厚的积雪，整整一星期都没有融化。正月已经过了二十天，寒流也稍微停下了脚步，但走出门时，拂过农田和红土原野的风仍然冰冷地刺进脸颊和手上的肌肤。由于是第一次穿这双慢跑鞋，洪治确认着鞋跟的触感，迈着轻快的步伐，缓缓走下家门前的坡道，来到农地旁通往公园的马路上。做了两分钟快速踏步，放松肌肉后，才正式起跑。

他跑了五百米左右，农协的巨大仓库出现在马路的右侧，前面就是曜子上班的“Hello Day 饭冢”超市。经过饭冢超市，洪治开始加速。

饭冢超市在如今只能算是小超市，但在他读中学的一九八八年开张时，附近的居民奔走相告，无不为这一带开了一家壮观的两层楼超市感到高兴。那一年刚好在首尔举行奥运会，第一代老板是在县内开柏青哥连锁店的韩侨，举行了整整一年的庆祝奥运特卖，以打破行情的价格提供食材、衣物和生活用品，深受附近居民的喜爱。洪治有生以来的第一双耐克运动鞋也是在这家店买的。

那时候，自己整天到底在想什么？

洪治在小学高年级时参加了本地的少年运动队，成为田径运动员，初中和高中时都跑长跑。高中时，他和田径队的教练处不来，在高二的春季运动会后就离开了田径队。虽然练习田径前后只有五年的时间，但他在中学时的长跑成绩却是县内数一数二的，受到极大的瞩目。当时，日本田径界正值男子马拉松的黄金时代，宗茂宗猛兄弟、濑古利彦、中山竹通、儿玉泰介、谷口浩美等一流跑者竞争激烈。洪治最喜欢濑古。前一年十二月的福冈国际选拔赛，濑古因为左脚踝撕脱性骨折而无法参加，但在奥运年的琵琶湖比赛期间，他每天都获得优胜，因此成功成为参加奥运会的三名选手之一。洪治因此兴奋得好像自己获得了奥运参赛资格一样。

那一阵子，他整天梦想着自己也可以像濑古和中山一样成为顶尖的跑者，然而现实却是如此残酷无情。如今自己已经迈入和濑古当时相同的年纪，既没有成家，也没有立业，一无所有，前途茫茫。虽然自己不是昨晚的AV女优，但十五年前的自己看到现在的这副德行，一定会绝望吧。

因为是工作日，运动公园里人影稀疏。南侧的草地上有两三个妈妈带着孩子在晒太阳，运动场上空无一人。洪治在空荡荡的跑道上缓缓大步跑，做了十分钟以上的有氧运动，充分燃烧体脂肪。开始路跑后，他的体重已经恢复到之前的水平。

就连平时很少称赞他人的曜子，也十分肯定洪治慢跑的效果。

“没想到你的减肥效果这么理想，洪治，你还真有两下子。”

曜子曾经多次边亲吻着洪治已经恢复紧实的腹肌边这么激励他。

他以维持不流汗的速度跑完公园后，在回家的路上一下子提高速度。最后的一公里遵循的是长距离变速跑的要诀，就是每一百米轮流进行大步跑和快速跑，把浑身没有流出的汗水统统逼出来。

洪治向来很喜欢一边跑步，一边看沿途的风景，喜欢漫不经心地浏览向后退去的风景，思考各式各样的问题。不知道为什么，每次跑步的时候，那些在安静时找不到出口、淤积在内心的不成熟想法的片段，就会顺利地从大脑流向肌肉，再从肌肉带到身体表面后蒸发，留下爽快的余韵。洪治最爱这种感觉，他希望有朝一日可以参加马拉松赛跑，也是因为只有马拉松接力赛和马拉松跑才能在大街上运动。

然而，在路跑训练的回程途中，他完全不看风景，竭尽全力奔跑。冲上最后的上坡道时，全身大汗淋漓，连脚底也好像泡在汗水中。离职三年期间累积了如同柴油般的郁闷从身体深处冒了出来，随着大量汗液一起排出。那和少年时代明快的爽快感有所不同，而是带给洪治一种复杂的、略微虚脱的舒服感觉。

回到家后，洪治立刻洗了淋浴，在一楼的起居室边看正午新闻报道，边把豆浆倒进玉米片，然后送进肚子。在盥洗室吹干头发后，他上楼回到自己的房间，把只有午睡时使用的闹钟调到三点，然后钻进被窝。像往常一样，隐约的疲劳感可以带来舒服的睡意。

虽然人生的前程未卜，前途茫茫，但必须活在当下——三天前看的小说中有这么一句话，洪治觉得这句话给了他不少启发。宁静的冬日午后，能够不必对任何人有所顾忌，不需要为任何事做准备，陶醉于在温暖被子里沉睡的快乐，的确是自己放弃对未来期待和稳定生活获得的回报。任何人都无法鱼与熊掌兼得，即使是此刻微不足道的小憩，也是用相当的牺牲和心理准备换来的。所以，此刻的睡意也许是过去的洪治送给目前这一刹那的洪治不可取代的礼物。

洪治闭上眼睛，重重地嘘了一口气。

这就是我每天两个半小时的充实，他想道。

3

醒来时，房间内一片昏暗。

洪治从床上跳了起来，走到桌子旁，抓起闹钟。

果然不出所料，闹钟显示已经五点多了。闹钟的设定并没有解除，这代表他连续睡了四个半小时，连闹钟吵闹的铃声都没有听到。

最近老是发生这种情况。

上个星期六，他也是听到一阵激烈的敲门声才从梦中惊醒，才听到闹钟正响个不停。由于闹钟响了很久，在楼下的母亲以为发生了什么事，赶紧冲上楼。洪治也为自己对这么吵闹的声音渐渐没有反应感到不安起来。

家里仍然笼罩在无人的寂静中，母亲似乎还没有下班。室内的温度降低不少，感觉和户外差不多。

洪治叹了一口气，没有开灯，坐在床边。

今天是星期三，是去曜子家的日子。她每个星期三上早班，三点就下班了，每次都会做好晚餐等洪治一起用餐。这种每周约会一次的生活已经持续了将近一年。

包括和曜子的关系在内，这三年半碌碌无为的生活似乎让他未来的路越来越窄，也让他越来越堕落。如今的他也许比蝼蚁更不如，只能勉强算是蝼蚁的呼吸吧。

洪治在一九九九年八月辞职时暗自下定决心，至少在未来的五年不工作。

他决定“等候”五年。

不是等待，而是等候。翻了字典，发现“等候”的意思是:①做好准备地等待；②充满期待地等待。当时，洪治对三年又四个月的上班族生活感到极度疲劳。高中三年期间他经历了退队和之后的学校生活、为考试刻苦用功，把自己搞得筋疲力尽，觉得再度陷入这种状态也是无可奈何的事。大学四年是重整时期，他努力让自己走出高中时代的疲惫，无论对课业和社团都不太热衷，只有求职活动比其他同学更铆足了全力。泡沫经济崩溃后，洪治就读的那所大学的毕业生就职情况很糟糕。即使如此，他仍然能够在大型不动产公司谋得一职，因为在整个大学期间，他就像受伤的野兽在洞穴中静养般，静静地调养十几岁期间累积的疲劳。

因此，他在离职时深信，只要潜心等候，就可以开拓自己的前途。对洪治来说，“做好准备地等待”，并不是处心积虑地寻找机会。长跑比赛的决胜机会总是出现在后半场。为了避免决胜机会从指尖溜走，最重要的就是拼命忍耐，咬着牙跑下去。他在这种需要发挥耐力的赛跑中百战百胜，他的偶像濑古的赛跑方式就是最好的榜样。那些受到其他人影响、慌慌张张地改变自己节奏的选手无法获胜。濑古无论面对什么竞争对手，都会竭尽所能，维持自己的步调，拼命忍耐再忍耐，保留实力在最后的直线跑道上和其他选手一决胜负，在终点前反败为胜。洪治相信，这种跑法才是真正的实力。

当然，无论做任何事都需要动机，工作也不例外。如果只是为了工作而工作、为了自食其力而工作，就会不在乎任何工作。任何人工作时，都需要一个能够让自己接受的动机。

当初，洪治一心想进入赫赫有名的、总公司设在市中心黄金地段的公司工作。他不愿意像父亲荣治一样，一辈子都为股票未上市的小型食品批发公司卖命。他想去那种只要一拿出名片，别人就会肃然起敬的大企业，这就是洪治当时的工作动机。正因为如此，他才能不理会那些整天热衷于玩乐、社团活动和追女生，直到最后关头才开始求职，最终只能在中小企业混口饭吃的同学，而是发挥不屈不挠的毅力，如愿进入大企业。

然而，实际工作后，他才发现不动产的营销工作比想象中更辛苦。他在名古屋的营业门店做了一年推销独栋楼的业务后回到东京，被调到公司主力业务的大厦营销部门。当时经济已经跌到谷底，每一季度的房屋售卖价格都会向下调整，就连把签约放在第一位的现场销售人员都不禁感到纳闷，大家都忍不住问："这种价格，我们公司真的有利可图吗？"

即使如此，每个人仍然使出浑身解数，努力完成不断上升的业绩指标。

洪治工作的那家公司在房屋盖好之前，就邀客户到样板间参观，签下房屋预售合约。之前靠这种创新的营销手法，那家公司一跃成为业界最大的公司。但在洪治进公司的一九九六年左右，这种预售的销售方式受到经济不景气的影响，导致大量客户退约，公司不得不重新检讨营销策略。再加上泡沫经济时期庞大的开发投资亏损，为了向银行支付利息，净利经常不到泡沫经济时期的十分之一。每次去酒店时，就会听到前辈夸耀黄金时代的荣景，最后再补上一句："你们的运气真的很不好。"

洪治进公司第三年，主力银行派来一位新董事长，全面停止预售的销售策略，改为现场销售成屋。洪治在第二年从东京总公司转调到横滨营业部，全力投入位于新横滨车站旁的高塔大厦的销售工作。这幢地上三十二层、总户数四百一十二户的智能型大厦，各户最普遍的价格为六千九百万日元，以当时的经济来说，算是最棘手的案子。当上司命令他负责该销售案时，同事都半开玩笑地表示同情："这叫不入虎穴，焉得虎子。"实际开始销售后，果然没有一个买家。他每天一大早就打电话给业者和通过网络申请的客户，只要有人上门参观，就积极推销，几近让人望而却步。就连休假日他也去加班，但过了三个月，业绩还是零。

营业主任刚开始时还睁一只眼闭一只眼。过了一个月，眼神和表情完全变了样。

“你又不是菜鸟，你在名古屋和总公司时未免混得太厉害了，你打算一直这样当薪水小偷吗？如果卖不出去，你自己买下来！真是个废物！”

这种谩骂已经成为家常便饭。

虽然已经习惯了这种事，但在漫长的梅雨季节终于结束的七月底，第二期也开始销售时，好不容易才谈妥的牙医在签约前临时取消，令洪治情绪低落。而在那天晚上，得知在名古屋时曾经照顾他的前辈自杀的消息，洪治感到内心最后一根支柱也啪的一声断裂了。他和洪治一样，从四月开始负责仙台一个很难销售的案子，业绩始终无法提升，最后终于想不开，上吊自杀了。

根据家属的要求，遗体被送回东京的老家，守灵和葬礼都在板桥的殡仪馆举行。洪治很希望两者都参加，但主任说要开朝会，不让他参加葬礼。他不惜旷工参加了葬礼，中午过后，目送灵柩车前往火葬场，从殡仪馆回车站的路上，他在沿途的文具店买了信纸和信封，走进麦当劳写了辞呈。

他没有一丝留恋，也没有一点后悔。

“不给别人添麻烦”无法成为继续同一份工作的理由，

他已经厌倦了必须忍受为渺茫前途的不安和眼前滑稽可笑的现实而工作。工作三年多，他存了三百多万日元，打算在老家附近租一间老旧民居，靠失业救济金和打零工，四五年之内应该不愁吃穿。

五年期间，任何人都会遇到一两次机会，更何况他已经完成了学生时代的目标，有在大企业工作的经验。这一次他打算在找到非要活下去，或是只能活下去这种迫切的理由后才开始工作。

所以，他暗自发誓，五年之内不找工作。

然而，眼下进入第四年时，他却希望自己可以变成吸血鬼，实在是太不堪了。直到去年，他才终于意识到这一次和学生时代的情况不同。当初回到埼玉，租了一间房租四万五千日元的民居套房，勉强独立的生活期间，他并没有这种走投无路的感觉。前年年底动了手术，不得不搬回老家后，他才开始厌恶一味等候的自己。因为健康辞去原本每个月工作十天的计时工作可能也是失策之举。去年秋天时，存款终于只剩不到一百万日元这件事也对他产生了很大的影响。

“到头来，我也搞不清楚自己到底在干什么，就像战场上的士兵、布什、萨达姆、AV 女优、松本这些因为极度的欲望、忙碌和疲劳，不知道如何用自己的方式运用时间的人一样，我也因为极度的无欲、空闲和放松，失去了对时间应有的感觉。”

在片刻之间倏地漆黑一片的房间内，洪治这么想道。他缓缓地站起身，打开天花板上的顶灯。

真是无可救药了……

他这么觉得。

“洪治，你是不是越来越忧郁了？该不会被我传染了吧？”

上次见面时，曜子这么问他。姑且不论是否被她传染，不过自己的确越来越忧郁了。

今晚真不想去见她。虽然和曜子有肉体的结合，但彼此的心灵无法相通，连他自己都搞不懂这种关系为什么持续了一年。曜子也有同感吗？这也是因为失去时间的关系吗？听不到闹钟铃声，和曜子维持这种食之无味、弃之可惜的关系，都是因为这个吗？

4

户外的空气比白天时更冷。

从家门前的坡道往上走，再走一段下坡道，最后越过一个更大的坡道，在东北高速公路高架桥的另一侧，就是曜子的公寓。走路差不多二十分钟。他骗母亲说，每周三去阿稔的店里帮忙。阿稔在武藏浦和车站附近开了一家小型居酒屋，一直营业到凌晨五点，即使外宿也不会引起母亲的怀疑。虽然这么大了，不需要看大人的脸色，但当初是因为母亲才认识的曜子，而且母亲现在仍然在“Hello Day饭家”打工，所以曜子不想让她察觉他们的关系。

洪治看到母亲从至少每周出门工作一天的自己身上寻求一丝安心的模样，觉得继续说谎也没什么大碍。母亲似乎并没有产生怀疑。目前只有大学的学弟，也是唯一的朋友佐久田稔一个人知道洪治和曜子的关系。

开始爬第二个坡道时，右侧是一片栎树林。突然刮起的风在稀疏的栎树林内呼呼作响，冷风吹得他脸颊都僵硬了。明天可能会下雪，他这么想着。抬头仰望天空，银白色的圆月在天空中发出皎洁的光芒，周围没有一丝云朵。

洪治想起去年年底在曜子家里看到的诗集中的一段：

悲伤和怠慢

让人不再惊讶

只感受到冬天的凄美

那是名叫八木重吉的诗人所作的诗。

听曜子说，八木重吉在学生时代罹患了肺结核，三十岁就英年早逝，留下妻子和两个孩子。

“我相信他留下年幼的孩子离开人世时很懊恼，但更可怜的是他年轻守寡的妻子。因为他们的两个孩子之后也罹患了肺结核相继去世。”

八木重吉死后二十五年，他写的诗才开始广为流传。洪治觉得曜子是因为她自己的境遇，才会喜欢这位诗人的诗。诗集的扉页上有二十七岁的重吉和他二十岁的妻子，以及年仅两岁的大女儿的合影。重吉长相斯文，一副老实相。照片背面那一页也刊登了诗作《生病》的亲笔手稿：

人一旦生病

真的一无所求

对妻子和桃子他们充满怜爱

也由衷希望

世上所有的人都幸福快乐

细腻的文字充满温情。

原来有人在和自己相同年纪时，就已经留下妻儿撒手人寰了。当时，洪治这么想道。他因为有“充满怜爱”的妻儿，所以死得更加痛苦。然而，洪治还是很羡慕他有可以让他感到怜爱的人。正如曜子说的，最痛苦的非他的太太莫属，她所爱的每一个人都被死神带走了，洪治觉得很像曜子目前所承受的痛苦。

洪治虽然没有向曜子借诗集，但回家后，把另一首印象深刻的诗记在笔记本上。那首诗名叫《坐在草上》：

我错了
都是我的错
像这样坐在草上，就可以体会到这一点

这首短诗特别吸引洪治，连他自己也搞不清楚为什么，然后，他暗自下定决心，如果有朝一日真的走投无路，也要去坐在草上。那正是他重拾路跑训练乐趣的时期，或许只是突然被完全相反的想法吸引，但他确信，在重要关头时坐在草上，一定可以发现自己的错。

曜子和洪治读同一所高中，是比他年长两岁的学姐。

洪治读的那所高中是私立的升学学校。因为他在中学时代的赛跑成绩受到肯定，所以能以体育特招生的身份入学。也因为这个，在高二春天离开田径队后，他的学校生活苦不堪言。他和曜子有交集的时间只有一年，求学期间当然没有说过一句话，不过洪治之前就知道她的名字。虽然他们读不同的初中，但彼此住得很近，而且曜子是全校公认的高才生。那所学校会把高三模拟考成绩贴在老师办公室前的走廊上。洪治读高一的时候，每天到学校的目的就是跑步，根本没有把大学入学放在眼里，但仍然知道加东曜子每次模拟考都名列榜首。那所学校每年有一两名学生进入东京大学，功课好的同学在各方面都会受到优厚的待遇，也是所有学生瞩目的焦点。洪治也曾经去高三年级的教室看过曜子，出乎意料地发现，她属于那种眉清目秀的邻家女孩，他因此留下了深刻的印象。

翌年春天，得知曜子没有考进东大而是进入一桥时，洪治觉得很符合她的个性。

“销售课长就是加东家的女儿，工作能力很强，人也很好。”

母亲去饭冢工作的半年前，曾经这么告诉洪治。听到曜子在那么小的超市工作，洪治感到有点意外。之前听说她大学毕业后，进了一家大型审计公司，直到五年前曜子家发生了那件事。洪治听去参加葬礼的母亲转述了举目无亲的她当时的情况，母亲在电话中语带哽咽地告诉洪治，曜子在纽约出差时得知她母亲和弟弟的死讯，事发三天后才回国，无法一起勘验现场和确认遗体，葬礼在事发五天后才举行。当她赶到殡仪馆时满脸憔悴，移棺时哭得死去活来，根本无法坐上灵柩车。正因为这样，洪治无法了解曜子特地回到已经痛失家园又举目无亲、只剩下黯淡回忆的故乡到底有什么用意。

某天晚上，洪治的母亲突然把曜子带回家。

自从父亲荣治有一年因为忙于处理雪印牛奶中毒事件和牛肉问题而分身乏术开始，原本就很怕孤单的母亲经常找打工的同事或一起上裁缝课的同学来家里吃饭。那天，洪治听到楼下传来说话的声音，原以为又是类似的聚会。当他走进饭厅，准备拿自己的晚餐时，赫然发现曜子和母亲面对面坐在餐桌前。母亲慌忙想介绍洪治，但曜子先发制人地说："阿姨，我认识他。"

洪治根本不知道眼前的女人是谁。睽违十三年的曜子和高中时代给人的印象判若两人，桌上放着洪治母亲制作的料理，曜子也带来店里的熟菜，两个人喝得不亦乐乎。曜子和洪治的母亲似乎很谈得来，母亲连连叫着她“课长、课长”，曜子也口口声声称她为“阿姨”。

“洪治，你跑得真快。之前我陪同学去看过比赛，她的男朋友是田径队的，刚好看到你在场上比赛。跑最后一圈时，你转眼之间就追上了前面所有的选手。我同学告诉我：‘那个男生今年刚进我们学校，听说很有实力。’我在运动方面一窍不通，所以羡慕得不得了，很希望可以跑得像你那么轻松自如，只要一次就好。所以，当下我就记住了筱原洪治这个名字，一直很期待可以在大型比赛中看到你的名字。”

曜子带着醉意说道，似乎既不是在对洪治说，也不是对洪治的母亲说。

她当然不知道洪治在高二时退出田径队的事，洪治告诉了她。

“原来是这样。”她转头看着洪治，“真可惜，你完全有成为一流选手的潜力。”

看到洪治默默地喝着热水兑烧酒，她又接着说：“成为一流的选手固然不错，但可以一辈子都觉得自己绝对有机会成为一流选手时，幸福的程度或许也不相上下。我完全没有任何专长，所以现在也很羡慕你。”

5

那天晚上，曜子喝得酩酊大醉。洪治的母亲在厨房准备新的下酒菜时，一脸无奈地小声对正从冰箱里拿出冰块的洪治说："我没想到她这么能喝。"

洪治的母亲也喝了不少，切鱼板的手也微微发抖。十一点过后，洪治猜想自己可能不得不送曜子回家，所以开始猛喝乌龙茶醒酒。

凌晨一点，曜子终于起身。

"啊，终于把这一阵子的郁闷一吐为快，好久没有这么心情舒畅了。阿姨，真的很感谢你。"

她伸了一个懒腰，拨了拨长发。她身穿一件黑色长裙、黑色高领套头衫，接过洪治母亲递给她的褐色双排扣大衣，就连洪治也觉得这身装扮没有女人味。果然不出所料，洪治的母亲说："洪治，你送课长回家吧。"曜子也当仁不让地鞠了一躬说："不好意思。"

洪治把车子停在玄关等候，听到曜子在门口夸张的声音："哇，阿姨，真不好意思。真的要送我吗？我最喜欢吃白菜腌的泡菜了。"

等了五分钟后，她终于坐到副驾驶座上，洪治启动了车子。

问她回家的路线时，她回答说："往右开两百米，在榉树街左转后开五百米，在派出所前右转后直走，经过高架桥，就在左侧那栋五层楼褐色瓷砖公寓的二楼。"

她整个人靠在座椅上。她闭上眼睛，小心翼翼地捧着饭家超市的袋子，里面装了洪治母亲送她的泡菜。丰满的胸部随着她的呼吸上下起伏着。她似乎醉得不轻，每次停车时，洪治就忍不住偷瞄她的侧脸。她脸上的妆很浓，染成棕色的头发和她文静的长相格格不入。照理说，她比自己大两岁，才三十一岁而已，看起来却比实际年龄老了两三岁，她鼻梁挺直，唇形漂亮，应该称得上是美女。刚才在家里聊天时他有种感觉，她的全身好像一块上等的布料褪了色，有一种难以摆脱的黯然。

洪治缓缓开着车，在转入榉树街时，突然发现一件事。如果按照她说的路线，会经过她以前住过的房子。那里已经建了新的公寓，完全看不出以前的样子，但对她而言，仍然是不愿面对的地方吧。

不，洪治暗自纠正自己的想法。也许不愿面对的不是她，而是自己。

不知道曜子是否睡着了，她仍然闭着眼睛。洪治没有打招呼，就擅自改变了路线。他已经知道她住的地方，虽然会绕一点路，但可以从其他路线到她家。

车子停在公寓前时，曜子立刻坐直身体。

“没想到你这么贴心。”

她看着前方嘀咕道，然后转头看着洪治。

“进来坐坐吧，喝一杯咖啡再走。”

她脸上带着淡淡的微笑。

曜子的家里整理得井然有序，几乎没有什么摆设。洪治坐在四坪大的客厅沙发上，打量着室内的情况，不知道为什么，有一种松了一口气的感觉。他们并肩坐在一起，喝着曜子泡的咖啡，但其实洪治只喝了一口。她一言不发，转眼之间就喝完了，立刻把自己的杯子拿到前方开放式厨房的吧台，又走回沙发前。

她站在洪治的对面，露出不愿多想的表情，轻轻地叹了一口气，拿过洪治还没喝完的咖啡杯，把剩下的咖啡一饮而尽。然后，右手拿着空杯子，弯下身体，扑向洪治，洪治的嘴唇立刻被满是酒臭的嘴唇堵住了。

洪治抱着她颇有分量的身体，思考着自己已经有多少年没有接触温暖的肉体。这个念头带来一阵狂喜，贯穿了他的全身，根本无暇思考自己抱着的对象是谁，也无法从容地分辨眼前的状况。洪治贪婪地吸吮着自己臂弯中的肉体，仿佛连日在沙漠中忍受灼热后，终于有冰凉清澈的水倒在掌中。他们一起倒在沙发上，洪治用尽全力，试图扒下曜子身上的衣服。

这时，曜子突然把身体从洪治的臂弯中抽离，对着满脸错愕的洪治说："洪治，下次再继续下半场。"

曜子的酒似乎已经完全醒了。

她捡起掉在地上的咖啡杯，静静地走向厨房，头也不回地打开客厅的门走了出去。洪治好像突然从梦境中被拉回现实，默默地目送着她的背影。不一会儿，门外传来声音，洪治摇摇晃晃地起身来到走廊上一看，发现玄关左侧的浴室亮着灯，里面传来淋浴的声音。

洪治再度打开客厅门，站在入口思考。自己应该在这里等她洗完澡吗？但目前情况看起来似乎不太合适。他看向厨房的吧台，发现装泡菜的袋子放在角落，急忙走过去把袋子放进厨房的冰箱后，再度回到走廊，没有向浴室里的曜子打招呼，就悄悄地走出玄关。

之后整整两个星期都完全没有动静。

曜子没有和他联络，洪治也没有因为望穿秋水而主动联络。然而，洪治难以忘记那天晚上发生的事，对曜子肉体的渴望与日俱增，越来越浓烈，勒紧着他身体的最深处。

二月最后一天的白天，洪治一大早肚子就不舒服，什么都吃不下，心情忧郁地坐在客厅里，心不在焉地看电视。这时，母亲打来了电话。母亲说她之前就想买原木花器整理一下庭院，今天刚好在特价，所以她买下来了，叫洪治傍晚的时候去接她，顺便把花器拉回来。

洪治在六点前把车子开进饭冢超市的停车场，站在大门口往店里张望，曜子刚好从左侧生鲜蔬菜区旁的员工出入口走了出来。在蔬菜卖场的灯光照射下，洪治感觉她看上去和两个星期前完全不一样。她有这么漂亮吗？洪治不禁想道，同时目不转睛地看着她向卖场职员发号施令。她说完后，一转头，刚好和洪治视线交会，对他露出灿烂的笑容。

她快步走到洪治面前。

“好久不见。”

“我妈叫我来取东西。”洪治好像辩解似的说道。

身穿围裙的曜子立刻了然于心，指着玻璃后方的入口旁问：“是不是那个？”

洪治顺着她手指的方向望去，发现那里有两根长约一米的原木花器，旁边还竖着一个大型伸缩型篱笆。

“那个花器是用饭能出产的西川木材做的，品质很棒。只有今天特价，阿姨真有眼光。”

母亲应该是上午买好后，请人帮忙搬到这里的。

“我妈呢？”洪治问。

“可能在换衣服吧，不如我们趁现在搬到车上？”

曜子说着，率先走了过去，双手抱起花器。洪治也慌忙抱起另一个，发现格外沉重。

“你搬得动吗？”

“这点东西小意思、小意思。如果没有力气，根本没办法胜任这个工作。”

曜子环视宽敞的停车场，发现了洪治的车子，大步走了过去。

把花器装进行李箱，两个人又合力把篱笆塞进后车座。

“不好意思，谢谢你帮了大忙。”洪治低头道谢。

“不客气。”曜子笑着说，然后，直视着洪治的脸说，“那次的下半场呢？”

洪治在她的注视下，不知道该如何回答。

“今天晚上来我家吧，几点都没关系。”曜子很干脆地说道，然后，又补充了一句，“那我先走了，我在家等你。”

转身小跑步回到超市。

洪治目送着她的背影，看到换好衣服的母亲和曜子在出入口擦肩而过。

“阿姨，辛苦了。”

曜子精神饱满地说着，向洪治的母亲挥手，转眼之间就消失在店内。

那天晚上，洪治和曜子激情相拥。

结束后，她在洪治的怀里咯咯地笑了半天，最后坦诚地说：“那个花器是我建议你妈非买不可的，今天我给的特价，只有原价的三分之一，她怎么可能不买？”

6

洪治今天走的是和平时不同的路，来到曜子公寓时已经七点多了。走了一个多小时，浑身都冻僵了。

他抬头仰望曜子位于二楼房间的阳台，发现亮着灯。肚子一点都不饿。曜子每次都准备了丰盛的菜肴，但最近他都没什么食欲。虽然声称是在减肥，但洪治心里觉得是因为厌倦了和曜子之间的关系。

曜子说，她搬来这里已经三年了。她也是在三年前开始在饭冢上班，想必她当时是下了决心，买下这里的房子。在此之前，她应该不愿意靠近这一带吧。

来这里的途中，洪治去曜子老家所在地看了一下，所以才会耽误那么多时间。

那里建了新的公寓后已经完全没有以前的印象。然而，站在曾经和许多人一起凝望着那片熊熊大火的位置，那天晚上的情景清晰地在脑海中苏醒。之后，他极力避免经过那里，因为他不愿意回想起那天的事。当消防队终于赶到开始灭火时，整栋房子已经付之一炬，无力挽救了。姑且不论当时大部分看热闹的人，还是像洪治一样只是刚好路过的人，但凡看到房子烧起来的人，应该至今仍然无法摆脱和他相同的感觉。

这是洪治有生以来第一次看到火灾，火焰超乎想象的狂暴震慑了洪治。可怕的景象令他切身体会到什么叫凄惨。

曜子回国后，经由警方和消防队的口中得知洪治他们目击的景象，曜子听到这个事实时受到的冲击可想而知。如果她也在家，也许她弟弟不必丧命，甚至很可能不会发生火灾。然而，事到如今，再怎么后悔也于事无补。如果不这样想，当时只能袖手旁观的洪治和其他人内心的懊恼就永远无法消除。

五年前的一九九八年七月十八日星期六，在天色还没有完全暗下来的傍晚时分，洪治走在附近的坡道上准备回老家一趟。他已经好几个月没回家了。走到坡道上方，不经意地看着白天时还很晴朗的天空，发现坡道下方不远处冒起浓浓黑烟。洪治情不自禁地全速跑下坡道，冲向黑烟的方向，看到了火灾现场。火势已经十分猛烈，根本难以靠近，在马路上围观的附近居民都屏气凝神地看着一片火光中的房屋。

那一幕发生在转眼之间。

即使现在回想起来，仍然觉得以当时双方的距离，根本不可能拉住突然从冒着浓烟的房屋大门冲出来的年轻男子。然而，男子再度冲进猛烈火势中的前一刻，那紧咬双唇、快要哭出来似的壮烈表情，即使想忘也难以忘记。

洪治至今仍然没有告诉曜子，自己曾经亲眼看见那场火灾。一直觉得有朝一日必须告诉她，但直至今日都无法启齿。

洪治从翌日早报的报道中，得知曜子的弟弟不良于行。

看到这篇报道时，洪治茫然若失地躲进自己房间半天。

和曜子建立这种关系后，洪治不时思考，这到底是怎样的因缘际会。曾经有一段时间，他认为是一种神奇的缘分把他们联结在一起。然而，如今却认为这种关系根本不可能健全。照理说，自己根本没有资格和曜子交往，正因为如此，交往将近一年，仍然缺乏可以感觉到彼此关系密切的东西。继续这样下去，只会让曜子越来越散漫。洪治刚才站在曜子的老家前，痛切地认识到这一点。

在玄关迎接的曜子仍然穿着外出服。

“你今天很晚嘛。”

说着，她穿起手上的大衣，把站在门口的洪治推出门外，一起来到走廊上，一边锁门，一边说：“今天难得，去外面吃吧，我请客。”

洪治浑身都冻僵了，不太想出门，但每次面对曜子的强势都无法提出不同意见。

来到高架桥另一侧的大马路上，曜子拦下出租车，对司机说：“请去大宫车站附近。”然后靠在座椅上，重重地叹了一口气。他们每次出去吃饭都去大宫，她觉得去大宫不会被人看到，但洪治觉得根本是杞人忧天。虽说是在外面吃饭，但几乎都是去烤串店或居酒屋，曜子拼命灌酒，每次都是洪治买单后，带着烂醉如泥的她回家睡觉。

果然不出所料，今天也来到常去的“鸟幸”，用生啤酒干了杯。

曜子一口气把一大杯啤酒喝得精光。虽然洪治早就习以为常，但看到她一开始就这么喝，不禁感到有点不妙。曜子立刻续了杯，喝了一口后，把杯子放在桌上，突如其来地说：“我被公司解雇了。”

洪治大惊失色，“啊”地叫了一声。

“当然，这件事和你完全没有关系。”

她的脸上带着笑容，探出身子问：“你最近怎么样？每天都在跑吗？”然而，她刚才的话无法充耳不闻，而且洪治很清楚，如果现在改变话题，等她喝醉了，就会纠缠不清。所以，他稍微改变语气问：“你说解雇是什么意思？”

曜子立刻露出故弄玄虚的表情，大口喝着第二杯啤酒。

“为什么会解雇你？”

“我怎么知道？”

最近和曜子聊天总是这样。

“难道是那家超市倒闭了吗？”

虽然是曜子主动提起这件事，但如果不这样套话，她就会意兴阑珊。脑袋灵光的女人真麻烦，洪治暗自想道。

“好像是。前天总公司找我去，我真的体会到什么叫晴天霹雳了。”

“然后呢？”

“没什么然后，就这样而已。”

“我问的是，你为什么会被解雇？你们公司并没有倒闭，只是那家店要收摊而已，不是吗？”

第一代老板把“Hello Day 饭冢”出让给大型超市连锁店的旗下。两年前，这家连锁超市因为近年业绩恶化，被加拿大的连锁商店买了下来。曜子在监察法人时代负责超市连锁店的业务，所以是利用当时的人脉进入饭冢就职的。饭冢的店长是兼任的，并没有常驻在店里，由店长代理兼销售课长的曜子负责实质的业务。

“是没错，但他们可能想解雇我。”

因为今晚洪治格外机灵，曜子终于认真回答了他的问题。

“但他们并没有明确说要解雇你吧？也许只是换到其他店。”

“我才不要。不是我自夸，自从我来之后，那家店才终于步上正轨。这三年，业绩成长也相当惊人，这一季终于出现了盈利。他们莫名其妙地收掉这家店，我当然不服气。我绝对不同意把这家店收起来，你是外人，怎么可能了解我的感受？”

曜子已经改喝葡萄沙瓦，但仍然一口接一口地喝个不停。

“也许是这样，但也必须顺应潮流的趋势。听说明年要在国道旁开一家JUSCO，你们公司可能是为了顺应这种情况，才会考虑撤退吧。”

经济不景气持续这么久，许多商家即使没有亏损也不得不缩小规模。洪治之前工作的那家公司也背负了五千亿日元的有息债务，正濒临破产。

“搞什么？你居然帮总公司说话？”

“我不是这个意思，我是说，先不管心情如何，不妨静观其变。”

“观什么？”

“我的意思是，急性子容易吃亏。总公司一定知道你的能力，不可能解雇你。”

“是吗？”曜子打量着洪治的身体，“你这种无所事事的米虫凭什么说得像煞有介事？”

洪治沉默不语，曜子似乎觉得有点愧疚，从盘子里拿出一根烤串递到他面前说：“给你，鸡肝都是你的。”

洪治接过鸡肝吃了起来。

“啊，真是受够了，每件事都让人心烦。人生无论再怎么忍耐、再怎么打拼也无可救药了。”

洪治在脑海中回味着这句话，想起刚才出门时，自己也嘀咕了同样的话。

7

今晚的曜子很快就醉了。

她难得自己买单，不到十点就走出店，但走起路来摇摇晃晃，舌头也打结了。

回到公寓差不多十点半，或许是坐出租车让醉意更浓，下车的时候她已经晕头转向了。洪治搀扶着她走上楼梯，从她大衣口袋里拿出钥匙开了门。不知道曜子的意识到底是清醒的还是模糊的，她像往常一样不断发出呻吟。她只有像现在这样醉倒的时候，才会乖乖听洪治的话。

洪治打开空调，利落地帮曜子脱下衣服，换上她喜欢的运动衣和宽松裤，抱着她走进卧室，把她放在床上。不知道是否醉意正浓，她皱着眉头，一脸痛苦的表情，翻了好几个身。

“要不要喝冰水？”洪治问，曜子闭着眼睛摇头。

洪治关灯后，走进厨房，从冰箱里拿了一罐乌龙茶，站在原地一口气喝完了。冰冷的液体渗进被酒烧烫的身体。他关上客厅和卧室之间的门，坐在沙发上。

原本下定决心以后再也不来这里了，但刚才店里太吵，根本没办法谈这件事，况且，今晚她因为饭冢倒闭的事情绪低落，洪治难以启齿，结果又重蹈覆辙。

不然，先让她睡一下，晚点再叫她起来好好谈一谈。但她醉成这样，睡三四个小时也不会醒。

今天就先回家吧。

洪治环视空荡荡的室内。厨房吧台对面放了一张小餐桌，门旁放着电话架，旁边是一个大型滑动式书架。窗边放了一台 21 英寸的电视录像机，铺满四坪大空间的灰色地毯上放了这张沙发。墙上挂着饭冢超市的月历，印着随处可见的欧洲风景。单调无趣的房间没有半点女人味，书架的前排几乎都是实用书，后排密密麻麻的都是据说她很喜欢的希腊、罗马神话的书和一些旧的文库本小说。

唯一感觉和这个家格格不入的，就是设置在玄关旁和室内做工考究的佛堂。

曜子每天清晨出门上班，除了星期三上早班以外，几乎都要工作到晚上九点超市打烊，没有周末。超市打烊后，还要整理账册之类的，回到家里通常都十一点多了。午餐都和烹饪部的人一起吃工作餐，除了星期三以外，晚餐都吃超市剩下的熟菜简单应付。

这三年来，她一直持续这种寂寞的生活。

洪治现在才发现，也许对曜子来说，和自己每周一次共进晚餐的意义比自己所认为的更加重大。这些年来，她全年无休地付出，业绩终于有了起色，如今这家店突然要关门大吉，对她来说，所承受的打击也应该比自己想象的更加严重。

洪治站了起来，一看时钟，已经夜里十一点半了。外面应该寒风刺骨吧，他很不想现在走回去，但天气这么冷，睡在沙发上会感冒。卧室内悄然无声，她似乎已经睡熟了。

他从电话架上撕了一张便条纸，写上“我走了，钥匙会留在信箱里”，放在桌子上，关了客厅的灯走到玄关时，不经意地瞥了一眼旁边的和室，平时都紧闭的拉门微微开了一条缝。

洪治这才想起这一阵子都没有上香，好像去年七月的忌日供奉花束和廉价的供品后，就没有再祭拜过。当时曜子丝毫没有高兴的样子，反而好像觉得他多管闲事。

之后，他就不再祭拜。

今天可能是最后一次了。洪治隐约有这样的感觉，脱下穿到一半的鞋子，拉开拉门，走进和室。打开天花板上的荧光灯，跪坐在还很新的佛堂前。

曜子母亲和弟弟的遗照并排放在牌位前。

照片中的曜子母亲面带笑容，感觉十分年轻，她弟弟脸上还带着稚气，露出亲切却有点腼腆的笑容。他好像和谁长得很像，洪治想道。对了，好像和那本诗集的八木重吉照片有点神似。

照片中的这张脸，和那天他为了抢救留在二楼的母亲，再度冲进火场前最后那一刹那的表情，在洪治的脑海中不知不觉地重叠在一起，想到他不是以照片中的表情，而是带着那种表情死去，洪治胸口一阵揪心的疼痛。

听说他当时才十九岁，他比现在的自己年轻十岁就踏上了黄泉之路。

人生无论再怎么忍耐、再怎么打拼也无可救药了——曜子的话在他耳边响起。她一定每天早上和晚上，都对着母亲和弟弟的笑脸合掌，深深体会到这一点。

洪治离开和室回到卧室。曜子睡得很沉，发出均匀的呼吸声。他钻到曜子的身旁，她很自然地钻进他的怀里。洪治紧紧搂着她，闭上了眼睛。

8

远处传来水声，微微的亮光照进室内。

门打开了，有人走了进来。到底是谁？

“你要不要喝？”

曜子拿着杯子的手伸到洪治的鼻尖，洪治眯着眼睛坐了起来，喝下了递过来的水。

“现在几点了？”

曜子的身影渐渐清晰。

“凌晨三点左右吧。”

曜子接过空杯子，放在床头柜上，关掉客厅的灯，关上门，再度睡在床上。黑夜和寒冷促使洪治也赶快钻进了被窝。

一阵沉默。

“你睡了吗？”洪治先开口问道。

曜子没有回答，但洪治知道她并没有睡着。

过了很久。

“其实……”她用沙哑的声音说道。

“那天我去纽约并不是因公出差。”

洪治听到她吞口水的声音。

“你知道我说的是哪一天吧？”

洪治无言地点点头。

这是曜子第一次提到“那一天”。

曜子重重地叹了一口气，开始娓娓诉说。

“当时，我和一个有妇之夫外遇，他是个报社记者，既酗酒又嗑药，简直无可救药，他一定是发自内心对他太太和我感到厌恶，所以辞了原本的工作，在通讯社另外找了一份工作，不告而别，一个人逃去美国。你也知道我的个性，得知这个消息，立刻火冒三丈，向公司请了假，一路追到了纽约，徘徊在烈日当头的纽约街头。火灾发生时，无论是公司同事，还是好朋友，甚至那个男朋友也不知道我的下落，直到我妈和弟弟死了两天后，我才得知这个消息。回到日本后，叔叔和婶婶已经帮忙张罗好了，他们都变成了骨灰，听说他们已经面目全非了。在回程的班机上，我很担心自己会发疯，责怪自己到底在干什么。我太自私，自以为有点小聪明，从小就骄傲自大，说什么自己会照顾好我妈和弟弟，结果根本没有为他们做任何事。消防队无法确定起火原因，但起火点在二楼，一定是我妈在佛堂点蜡烛时不小心发生了意外。我爸很早就死了，弟弟也因为车祸不良于行，我妈整天闷闷不乐，每天都在念经。”

曜子用淡淡的口吻说到这里，再度陷入沉默。

洪治觉得自己该说点什么，却不知道说什么才好。即使是谎言也无妨，这种时候必须说几句安慰话……但是，他还是说不出口。

曜子，并不是你的错——真的是这样吗？这也是没办法的事——真的是这样吗？事到如今，再烦恼也于事无补——这倒是真的。只是运气不好——这也是真的。干脆把所有的事都忘了吧——也许吧。

到头来，自己只会说“事到如今，再烦恼也于事无补，不是你的错，所以，赶快忘了吧”这种话。然而，现在当然不能说这些话。

“我觉得，”曜子突然说道，“我已经完了，我真的已经完了。”

这时，洪治终于发现，这种时候，人其实并不需要别人说什么。

“我也一样，我也完蛋了。”

需要的只是共鸣和同意。想到这里，他的心情稍微轻松了。

“我整天碌碌无为，也不想做任何事。”

空气越来越冷，漆黑中弥漫着沉默，更增加了黑夜的浓度。

“干脆一死了之，”曜子冷不防说道，震动了冻结的空气，“我只剩下这条路了。”

洪治清楚地听到她说这句话，并没有太惊讶。

“即使活着也没意思。”

洪治默默无言，不知道为什么，脑海中突然浮现出刚才在佛堂看到的遗照。他觉得活着没意思，死了也没意思。反正这个世界既没有谎言，也没有真实。

曜子缓缓坐了起来，下了床，打开灯。突然的亮光令洪治感到目眩，曜子动静很大地走出卧室，洪治也慌忙坐了起来。正当他起身准备追出去时，隔壁房间传来声音。打开柜子门的声音，拉开抽屉的声音，然后是找东西的声音。

他坐在床上等候，曜子走了回来。

她手上拿着一个大盒子。

曜子上了床，盘腿而坐，然后，把盒子放在两人的中间。那是一个奶油色的大饼干盒，上面写着“Dry Cake WEST”。曜子瞥了洪治一眼，打开盖子，从里面拿出各种不同颜色的药剂铝箔硬质胶片。看到药剂的量，洪治忍不住瞪大眼睛。

“很厉害吧？”

“这些药从哪里来的？”

曜子把铝箔硬质胶片抽了出来，再把药丸一颗一颗地挤出来。

“之前那个男朋友平时整天都吃这些安眠药和抗抑郁剂，我一怒之下，统统没收了，但又不能丢掉，所以就偷偷收起来，结果就变这么多了。”

“这些都是安眠药吗？”

“应该还有抗抑郁剂和镇静剂吧，但我分不清什么是什么。”

不一会儿，药丸堆成了一座小山。中途洪治也拿起铝箔硬质胶片协助她，花了不少时间才把所有药丸都取出来。

眼前的药丸小山已经无法用一只手抓住。

两个人都出神地看着那座小山好久。

“但是……”洪治看着药丸嘀咕，“吃下去真的能死吗？”

“应该吧。”曜子回答说，“有一次他告诉我，我吃的是巴比妥类的药，所以可以用来自杀。”

她伸手拿起其中的一颗：“我记得他好像说，这和太宰治吃的是同一种类的药。”

“是哦。”

洪治也拿起一颗放在眼前，那是很平淡无奇的白色药丸。

“有酒吗？最好是日本酒。”

听到洪治的话，曜子抬起头，满脸讶异地看着洪治。

“有是有。”

“可不可以请你拿来，顺便把杯子带来。”

“洪治，你真内行。”

曜子嘀咕后，下床走向厨房。洪治立刻把手上的那颗药放进嘴里，在舌头上舔了舔，淡淡的苦味在嘴里扩散。

曜子抱着一公升的酒瓶走回卧室。

“这好苦。”

洪治笑道，曜子的嘴角也漾起淡淡的笑容。

洪治接过杯子，伸出杯子说：“倒满。”她站在原地帮他倒酒。洪治一口气喝干，一股热流流入胃袋。他再度伸出杯子，催促说：“再来一杯。”曜子这次只给他倒了半杯。“怎么了？”洪治问。曜子露出奇特的表情帮他倒满。洪治又一饮而尽。

曜子抱着一公升的酒瓶坐在床上，把药剂小山的一部分震塌了。

“啊呀呀。”

洪治惊叫起来，浑身的毛孔好像顿时完全张开了。药效已经发作了吗？只吃了一颗，怎么可能这么快？但他可以感受到心情渐渐变轻松，他从来不曾体会过这种奇妙的解脱感。

坐在对面的曜子从崩塌的地方拿了五颗药，放在手心端详片刻，闭上眼睛，丢进了嘴里。然后，拿起一公升的瓶子，直接把酒倒进了喉咙。

她的样子实在太好笑了，洪治大声地调侃说：“真不愧是女中豪杰。”曜子叹了一口气，露出困惑的表情。

洪治从山顶抓了一把药，不假思索地全部丢进嘴里，有几颗从嘴角掉了下来。他不以为意，从曜子手上抢过酒瓶，也直接对着瓶口喝了起来。酒和药混在一起，快要溢出来了。

他丹田用力，一口气吞了下去。

不一会儿，脑袋感受到一阵剧烈的冲击，好像有一根滚烫的木桩打进脑浆，身体也随之摇晃了一下。他咬着嘴唇，低下头，拼命忍耐着。

他猛然抬起头。

“有什么好笑的？”

不知道为什么，曜子露出哀伤的表情。洪治完全不知道自己在笑。

“太猛了、太猛了。”

声音好大。是自己在说话吗？还是曜子？洪治感到纳闷。

他用酒瓶支撑着身体，再度伸向药山。虽然手已经不灵活了，但他还是抓起一把药塞进嘴里。这一次，他把药剂咬碎了，强烈的苦味刺入鼻腔，他慌忙灌了酒。

房间开始旋转。他看到眼前的曜子好像在捡马路上的零钱般，楚楚可怜地捡起四处散落的药丸，然而感觉好遥远，动作也很缓慢。

时间走得好缓慢，洪治心想。啊，我终于找回了自己的时间。一阵令他想哭的安心感变成一层膜，笼罩了他的意识。

给我、给我、给给给我……曜子的脸扭成一团，不停地恳求着。然而，洪治觉得自己仿佛在水中，无论身体和心情都悬空着，声音、颜色和形状都肿胀起来，缺乏真实感。

“给给给我。”

洪治凶神恶煞般推开曜子伸到他面前的双手，再度把手伸进只剩下三分之一的药山。他已经神志不清了，只是不停地把碰到嘴唇的药丸吞下去。有什么东西不停地从口中溢出，好像在呕吐，但既没有湿湿的感觉，也没有恶臭，完全没有任何不舒服。

他紧抓着酒瓶不放。

拿起酒瓶，把脸贴上瓶身。

冰冰冷冷的感觉好舒服。

9

不久之前洪治发现，从三楼病房的窗户眺望后方的堤防，在一片嫩草中，沿着岔道的一角，有一小片黄色的草花。他曾经问来帮他倒茶的阿姨："那是什么花？"她亲切地回答说："哦，应该是福寿草，最近天气突然变热，所以一下子就开了。天气好的时候，会开一整片，很漂亮。"

今天从一大早就晴空万里，洪治一起床就往窗外看，发现那片漂亮的黄色在春光下，被新绿衬托得更加亮丽。

前天他终于可以站立起来了，昨晚终于绕着病床走了一圈。起初十分悲观的物理治疗师佐伯先生看到洪治恢复得如此迅速，也终于在昨天惊讶地说："这么看来，半个月之后就可以下床走路了。”

今天是洪治醒来的第十天。

他在一月二十三日黎明被抬进这家医院，据说当时处于几乎没有意识、呼吸也即将停止的状态。

主治医生金田医生说：“照理说应该绝对救不活，可见你的生命力有多强。并不是你努力，而是你的身体违背你的意志，所以你才能得救。千万别再浪费自己的生命了。”

听阿稔说，在采取急救措施脱离第一次呼吸停止的状态后，转移到这个病房的第五天，血压再度急速下降，第二次发生呼吸停止。金田医生和医疗人员拼命抢救，才终于让他恢复呼吸，身体状况也渐渐稳定。

然而，他还是继续昏睡，完全没有意识地沉睡了整整一个月后，医疗团队开始认为他清醒无望。

没想到在三月十九日深夜，洪治在昏迷了五十六天后恢复了意识。无论是家属、阿稔，还是医生、护士，都用奇迹降临的眼神迎接他的生还。

然而，洪治完全不知道发生了什么事。睁开眼睛时，根本不知道自己身在何处，也难以相信自己沉睡了将近两个月。他记得那天晚上在曜子家吃药的事，但细节部分只有断断续续的记忆。即使现在，仍然对吞了药后，被送到医院的情况的记忆一片空白。听说被抬上救护车后，他还在痛苦挣扎中向救护人员回答了自己的姓名和年龄，但洪治完全没有记忆。

洪治曾经在十九日深夜一度清醒，金田医生赶来做了简单的诊察后，他又睡着了。翌日早晨起床时，他就完全清醒了。虽然胸前还插着补充营养的中心静脉导管，但拔除了导尿管后，他就可以自行上厕所了。

他下了床，穿上拖鞋，伸直膝盖时，才发现两腿完全无力。

医生告诉他："这是呼吸停止时，脑部缺氧导致中枢神经障碍的后遗症。所以，两腿麻痹的症状应该很难消失吧。"但洪治知道，自己的腿很快就会恢复。他的腰部感觉已经恢复，脚踝和脚尖也不会太麻木，他从之前膝盖受伤的经验知道，这只是长期卧床不起造成肌力衰退和关节暂时僵硬而已。所以，即使听到医生这样的诊断，他也完全不担心。果然不出所料，经过几天的复健，腿的状态越来越好。按照目前的情况，不要说半个月，四五天后应该就可以正常走路了。

曜子每天都来探视他。

因为是单人病房，这家医院的管理也比较宽松，再加上洪治这次住院的来龙去脉，院方也提供了方便。曜子每天早晨、中午和下班后都来医院三次，虽然早晨和晚上不是面会时间，但她从不缺席。听阿稔说，她吃下的药剂量比较少，在洗胃、打点滴和服泻药后，症状就消失了，住院一天就出院了。这两个月来，她每天都来医院报到。

那天是曜子叫的救护车，在救护车上给阿稔打的电话。当阿稔火速赶到医院时，曜子已经处置完毕，虽然吊着点滴，但意识十分清楚。

洪治很庆幸得知曜子平安无事。他清醒后，第一件事就是向护士打听曜子的情况。

洪治清醒的翌日白天，终于再见到了她。那天早晨，洪治的父亲和母亲来到医院。

“不要再做这种蠢事。”

父亲眉头深锁，冷冷地说道。母亲不停地哭泣。

父亲坐了不到一个小时就去公司了，母亲一上午都在病房，留下一句：“傍晚我会再来，到时候会带点菜给你。”然后就回家了。不一会儿，曜子就出现了。

曜子拉开帘子，探头进来，和洪治视线交会时，立刻愣在原地，露出难以形容的表情。洪治看到她，内心也感慨万千。曜子缓缓走到床边，坐在洪治母亲刚才坐的钢管圆椅上，目不转睛地看着洪治的脸。

“对不起。”曜子尖着声音说道，“洪治，真的很对不起。我打算用余生补偿你。”

她深深地鞠了一躬。

“又不是你的错。”洪治小声地嘀咕，“幸好你没事，我才应该向你道歉。”

一看到她瘦了一大圈，洪治发自内心这么觉得。昨天晚上，得知曜子获救后，洪治由衷地庆幸自己活了下来。想到如果自己抛下她离开人世，将会对她造成多大的伤害，不禁不寒而栗。从吞下第一颗药之后，不，应该在更早之前，自己就从来没有为她考虑过。虽然对当初的记忆很模糊，但自己只是借着醉意吞药，根本没有多考虑。

曜子突然放声大哭了起来。

“对不起，真的对不起。我只想到自己，根本不了解你。我之前那么后悔，没想到又犯下相同的错误。”

她趴在病床上，哭到全身发抖。

洪治哑然看着她瘦削的背部。

洪治把午餐吃得精光，在病床周围走来走去，双腿的情况比昨天更有进展。他绕了三圈，躺下来后，腰部悬空，做了伸展双腿的运动。这两个月以来，全身的肌肉都退化了。

脖子、手臂和腹部都无法用力。或许勉强可以步行，但可能需花费很长的时间才能再跑步吧。出院后，洪治不想做那种不痛不痒的复健训练，而是进行自己的训练项目。

今天，他打算外出走走。担任看护助理的小女生会在一点的时候推轮椅过来，带他出去。早晨量体温时，洪治曾经拜托护士，刚才接到通知说，医生已经同意了。他打算请护士助理带他去每天从窗户看到的那个堤防。

洪治放下双脚做轻度仰卧起坐时，忍不住思考曜子的事。

听医生说，洪治可能因为后遗症不良于行时，曜子顿时慌张失措。这也难怪，她一定想到了她的弟弟，忍不住感到自责，但她的慌乱程度超乎寻常，即使洪治再三告诉她不需要担心，她仍然执意说："我会照顾你一辈子。"

之后，她一直把这句话挂在嘴上，反而让洪治心情沉重。虽然昏迷了两个月，但现在一天一天好起来，她根本不需要想得那么严重。当初并不是洪治不想吃药，她硬塞给他吃，而是洪治主动吞下那些药丸。

看到她的这种态度，洪治感到有点纳闷。五天前，不经意地向阿稔打听，终于了解曜子会这么说的真正原因了。

关键在于她误会了。

她误以为洪治是为了不让她吃药，所以才会一个人拼命吞下这么多药。在洪治沉睡期间，她也这么告诉洪治的父母和阿稔。

“洪治是为了救我才吞了这么多药，全都是我的错。”

从住院的那一天开始，她就一次又一次哭着这么说。

听阿稔这么说，洪治终于明白了一切。

曜子不仅后悔带洪治一起走上绝路，更把他视为救命恩人。

不过，老实说，无论再怎么努力回忆，洪治当时都不是为了救曜子才吞那么多药。他配着酒吃下第一颗药后，转眼之间就醉了，结果就糊里糊涂地接二连三吞了一大堆药。

当然，他很坦诚地把这件事告诉了曜子。

“但是，当我想吃药时，你好几次都把我的手推开，不让我吃。最后还把我推开，几乎一个人把那么多颗药都吞了下去。”

洪治记不清当时的细节，只隐约记得意识变得模糊之前，之所以会推开她的手，是为了阻止她抢走自己手上抱着的一公升酒瓶。

但是，无论再怎么解释，曜子始终不愿意收回自己的话，最后甚至有点赌气，反而更变本加厉地说：

“我会照顾你的将来。”

10

曜子昨晚离开时告诉洪治，今天和明天不能来看他。她的工作似乎很忙，这个星期六、星期天也要临时去出差。洪治听母亲说，饭冢将营业到下个月底，超市已经开始举行清仓大甩卖。曜子一定忙于处理相关事务。洪治没有问她是否已经决定日后的去向，因为当初就是聊到饭冢超市关店的事才会闹出自杀风波，所以洪治无意提起那家店的事。洪治的母亲也因为这件事辞了工作，也就不知道曜子的情况。

洪治的母亲至今没有原谅曜子，却没有对她恶言相向，想必是因为发生了这么大的事情，不愿再刺激他们。但把当初协助他们隐瞒的阿稔骂得狗血淋头，阿稔苦笑着说：“真是让我哭笑不得。”

想到今天曜子不会来，洪治从早晨开始心情就很轻松。他很想早日出院，让她赶快摆脱这种异常的状态，同时，也希望早日远离她那份令人望而生畏的热情。

虽然他们是如假包换的共同自杀未遂，但洪治觉得自己的情况和这个字眼给人的印象相去甚远。如果是两个爱得无法自拔的人因为某种苦衷而殉情自杀还情有可原，然而自己和曜子之间的关系并没有这么如胶似漆。相反，正因为他们的感情没有到这种程度，才会在出人意料的状况下，做出这种丢人现眼的事。两个自杀未遂的人仍然继续交往，简直就像本该落幕的剧情，继续拖沓不断，反而让人感到很不自然。虽然差一点送了命，但曜子与生俱来的强势并没有改变，自己也和以前没什么两样。

洪治辞去工作时，曾经以为任何人在五年之内都会遇到一两次机会，没想到却是这种结果，这让他深刻体会到自己的肤浅。

原本还天真地打算在找到非要活下去，或是只能活下去这种迫切的理由后再度工作，但经过这次的事，洪治深刻体会到，如果没有非死不可或是只有死路一条的迫切理由，人就必须活下去。

反正，人生就是这么一回事。

“你好。”随着一声清脆的声音，看护助理大町小姐推着轮椅走了进来。刚吃完饭而已，已经这么晚了吗？洪治吓了一跳，抬眼看架子上的时钟，发现刚好一点整。自从清醒过来后，觉得日子过得一天比一天快。

对了，洪治突然想起一件事。

在吃药失去意识前，曾经觉得自己在缓慢的时间中遨游，那种难以形容的甜美舒适感给洪治留下了强烈的、难以忘记的印象。

大町小姐坚持：“这是规定。”洪治只好坐在轮椅上，让她从病房一直推到医院外。

终于接触到外界的空气了。

太阳在高空绽放光芒，放眼望去，眼前的风景充满春光。离开狭小的病房，投身于宽敞的空间，可以感受到浑身的感觉细胞都张开了毛孔。轮椅经过入口，沿着停车场旁坡度缓和的散步道静静地往前走，绕过看起来像是新建的门诊大楼，不到十分钟，就来到医院后方的堤防前。由于整个医院位于小山丘上，可以眺望整个堤防和前方的农田。

眼前是一片绿野。

堤防有好几条路通往农田，农田和堤防之间的农业灌溉渠道上有好几座小木板桥。

洪治看向左方，在岔路的角落发现了那片福寿草。

“麻烦你带我去那里。”他指着黄花的方向说。

“哇，好漂亮。”大町小姐惊呼道。

他们又往山丘下走了将近十分钟。干土路上没有铺柏油，车轮不时被路旁的杂草卡住，大町小姐手忙脚乱。洪治问了好几次："我下来吧？"但她每次都很好强地说："不用。"洪治只能作罢，决定好好享受眼前的美景。

在病房的时候没有切身的体会，此刻却感受到春天真的来了。他终于体会到沉睡的五十六天是多长一段日子。原来我跨越了冬季。想到这里，就觉得有点好笑。这应该是这辈子的第一次，也是最后一次。

那片花丛在路旁两米左右的缓和斜坡上，近距离观察才发现比原先以为的更大，在新绿根部的枯草缝隙中蹿出无数福寿草的茎蔓，盛开着鲜花。正如医院那个阿姨说的，花朵在清新的阳光下，对着天空尽情张开花瓣。橘黄色的鲜花在支撑着花瓣的灰绿色叶子和花茎的衬托下，更增添了几分鲜艳。

大町小姐把轮椅停在花丛上方的洼地，固定刹车后，站在洪治身旁说："真的好美！"

"太美了。"洪治也附和道。

视野十分开阔，黄、绿、蓝三条色带一直延伸到远方的天空。两个人看着眼前的景色出了神。

"我想在这里多停留一会儿，可不可以请你一小时后来接我？”

洪治对正在看手表的大町小姐说。

“这样可以吗？”

不知道她是否知道洪治之前的事，听到这句话，露出迟疑的表情。

“天气这么好，我也好久没有晒太阳了，想在这里多坐一下，真的太舒服了。”

洪治挤出笑容说。

“对啊。”大町小姐也点点头，“那我一小时后再来，但请你不要擅自离开轮椅，万一跌倒就惨了。”

“没问题，我向你保证，我就坐在这里。”

洪治做出 OK 的手势。

大町小姐离开后，洪治一动也不动地晒了一会儿太阳，然后缓缓地从轮椅上站了起来。他想更靠近几米外的花田，刚踏出一步，脚底就感受到草的触感。

他很有自信地走下斜坡，已经完全没问题了。

但没走几步，膝盖突然一软，脚底一滑，整个人倒栽葱地摔倒了，屁股重重地撞在地上，一阵剧痛从腰部涌向背部。他忍不住惨叫起来，身体横躺在斜坡上，埋没在长得很高的草丛中。他试图站起来，腰部却一下子使不上力，只好翻了个身，仰躺在草丛中。

他躺在草地上用力深呼吸，疼痛渐渐消失。他注视着天空，小声地说："算了。"

他起身坐在草地上，确认身体有没有受伤，发现没什么大碍。

他按摩着双腿，眺望着花丛。

静静地坐在那里，可以感受到微风吹来。福寿草轻轻摇曳，黄色的花摇头晃脑的样子惹人怜爱。这些花也很勇敢地活着，面向延伸远方的天空和迎面吹来的春风，齐心协力地活着。

就在这时。

洪治内心突然涌起激烈的感情。

内心翻腾的情感浪潮仿佛从照射大地的灿烂阳光中获得力量般，不断地升高，也越来越汹涌。

我为什么会做那种蠢事?

波涛前端溅出的浪花仿佛包围了洪治的全身，他深深地觉得，仿佛这一刻才真正清醒般。

这个世界或许没有谎言，也没有真实，然而，倘若真的如此，不，正因为这样，自己此时此刻身在此处才是唯一真实的事。即使这是错觉或是幻觉，任何人都无法在这个世界上体验到更真实的事。

这到底是怎么回事？这双眼眸所看到的如梦似幻而又楚楚可怜的鲜花、如梦似幻般的蓝天，皮肤所感受到的如梦似幻的轻风、如梦似幻的暖阳，鼻子嗅到的如梦似幻的春天清香，都融化在如梦似幻的自己体内，所以这一切才会这么美丽、这么温馨。

啊，我怎么会做这种蠢事？即使是谎言，即使是梦幻，但自己还有感受喜悦的能力。即使舍弃了出身、境遇、生活、过去和一切，仍然具备如此真真切切的能力。

真可怜，洪治心想。

做出那种事的自己实在太可怜了，他进一步想道。曜子太可怜了，她现在一定仍然很想一死了之，所以才会那么感激洪治。她找不到其他生存的方式、找不到生存的理由，即使明知道是谎言，仍然试图相信那天晚上的洪治是为了救她而大量吞药。她只能这么做，为了生存，她既不能有谎言，也不能有真实。

大家真的很可怜，洪治想道。

年仅十九岁就命丧黄泉的曜子弟弟很可怜，一起丧命的曜子妈妈很可怜，上吊自杀的前辈很可怜，留下两个稚儿撒手人寰的重吉很可怜，送命的特攻队队员很可怜，至今仍然在战争中与死亡共舞的人很可怜——世上的每个人都很可怜。

可怜啊可怜，真是可怜得要命。

当他回过神时，发现泪水夺眶而出。泪水顺着脸颊滑落，滴落在草上。他用手掌擦着眼泪，仔细抚摸着伸直的双腿。

真对不起这双腿，真的很抱歉；还有这双含泪的双眼、这个不安分的鼻子、这张脸、这双手臂、这个胸部，还有腹部，真的很对不起；也对不起给予我身体发肤的父母；更对不起这个世界，对不起空气和风，对不起太阳和摇曳生姿的青草，对不起远方的流云和蓝天，对不起灌溉渠里的潺潺流水，对不起大地。自己对世间万物做了无可挽回的错事，洪治深刻体会到这一点。

11

四月十七日，星期四，洪治顺利出院了。

精密检查的结果没有问题，两腿的状况也大为改善。上周得到金田医生的许可，可以在医院周围慢跑。由于这一阵子生活有规律，再加上沉睡期间体重直线下降，所以洪治感觉步伐已经恢复当年学生时代的轻快。

我喜欢跑，洪治由衷地这么想道。

他终于发现，自己并不是想成为田径选手，而是喜欢跑。如果想当选手，当初无论发生什么事，都不可能离开田径队。原来，曾经不了解的事会在某一天像现在一样豁然开朗。这令洪治感到很不可思议，也许任何事都这样。

那天刚好下雨，曜子来接他时雨下得特别大。

他决定从当天开始和她同居。曜子很干脆地答应了洪治突如其来的要求，只回答说："好啊。"

"这种时候，通常会说'如果你是担心我才这么说，真的没关系啦'，或是'谢谢'，至少也该说'以后请多多关照'吧。"洪治嘀咕道。

"是啊。"曜子不置可否地笑了笑。

上个星期，洪治也这么告诉母亲。母亲默然不语地听完后，只说了一句"我回去和你爸商量一下"就回家了，但洪治从来没看过母亲的表情这么可怕和紧张。第二天晚上，父亲独自来到病房。

他和父亲聊了很多，大部分都是父亲的工作和洪治以前上班时的事。这是洪治说要离开田径队后，父子两人第一次好好说话。

父亲聊完后站了起来，离开病房，洪治送他到一楼晚间出入口。父亲走到警卫室门口时突然停下脚步，看着洪治的脸说道："洪治，不要再让女人有机会说和你一起死。男人死的时候要一个人死，不要带走任何人。"

洪治回答说："知道了。"

"洪治，赶快去找工作，这样下去，你真的会完蛋。"

父亲最后留下这句话就离开了。

出院后要开始找工作，曜子应该也一样。最近她特别忙，距离超市歇业不到一个月，她来看洪治的次数也越来越少了。

听了父亲的话，洪治终于洗心革面。

从今以后，自己不是为生存而工作，而是为工作而生存。他终于发现，工作就是这么一回事。

整理好行李，向金田医生和曾经照顾自己的护士和工作人员道谢后，洪治和曜子上了车。今天曜子开车来接他，回程当然由洪治开车。

"希望这是最后一次因为类似这次的事进医院。"金田医生再次叮咛道。

曜子一脸正色地说："我绝对不要再受那种苦。"

听曜子说，洗胃很痛苦。

“在没有麻醉的情况下，像水管那么粗的管子从嘴里塞进胃里，而且拼命灌水，肚子痛到快死了，连呼吸也有困难，真的会觉得与其受这种罪，还不如死了算了。事后听护士说，即使情况不严重，医生也会故意帮病人洗胃，有助于预防习惯性自杀。我相信我就是属于这种情况。”

洪治洗胃的程度绝对超过曜子，但不知道算不算幸运，他完全没有记忆。

因为雨天堵车的关系，他们三十分钟后才回到曜子的家。今天晚上，他们要一起去洪治的家。洪治提议今晚他一个人回去就好，但曜子执意和他一起回家。

熄了引擎后，洪治正打算下车，曜子说：“啊，家里没酒了。”

“不需要酒。”

洪治今晚完全不想喝酒。

“不是，是料理酒没了。”

曜子花了一整个下午做菜，准备自备菜肴去拜访洪治的父母。

“那现在去买吧。虽然今天我公休，但也想去看一下店里的情况。”

洪治再度发动引擎。

“好啊，我也刚好想去买一双球鞋。”

虽然经历了九死一生，但相隔三个月来到这栋公寓前，他并没有出现原先以为会有的万千感慨。洪治一直想在重启跑步生涯后买一双新鞋，因为这对他来说是踏出全新的一步。

“小事一桩，好，那我算你特别折扣。”曜子神采奕奕地说道。

饭家超市人满为患。不知道是否因为大家都挤在门口收伞的关系，门口居然大排长龙。当他们停好车走下车时，雨已经变小了。曜子撑着伞，洪治也走到她的伞下，和她一起走向超市。

玄关旁的大招牌已经盖上了蓝色塑料布，店门上的店家标志上也贴了白色胶带。

“这些人真性急，不是营业到月底吗？”洪治问。

“是啊。”曜子意兴阑珊地回答，催促着洪治说，“走这里，走这里。”

她带洪治绕到超市后方，打算走员工出入口。

“我不是员工，还是从正门进去吧。”

“没关系，反正这家店快歇业了，而且，先熟悉一下也好，跟我来吧。”

她拉着洪治的手往前走。什么叫先熟悉一下也好？洪治在心里嘀咕道。这种公私不分不像是曜子平时的作风。

经过昏暗的后门，没有经过人山人海的一楼，直接搭货梯来到二楼的日用品卖场。

“还没买酒呢。”洪治说。

“先去买你的鞋子。”曜子回答说。

二楼也拥挤不堪，每区都贴着“清仓拍卖”的红标签，到处都是手拿购物篮的民众。

“如果每天这么多人，这家超市就不会倒闭了。”洪治忍不住说道。

“也不是这么说，这代表这些顾客一直都在这家店购物。眼前的景象证明了这家店吸引顾客的潜在能力。”

曜子语重心长地说，好像在说给自己听。

他们来到鞋区。

“你可以随便选，我送你当贺礼。”

“你不需要这么做，根本没这种道理。”洪治拒绝道。

曜子答应同居时，洪治要求曜子保证三件事：第一，以后即使开玩笑，也绝对不能说想死；第二，不能自以为是地说要照顾他一辈子；第三，以后绝对不能喝酒喝到神志不清。对于这三点，曜子也二话不说地答应了。

这里的鞋款比以前更齐全。洪治发出叹服的声音，站在卖场的角落一双一双地试穿，花了很长时间挑选。曜子也接二连三地拿来不同种类的鞋款。

“这么多鞋子，万一卖不完怎么办？应该不能退货吧？”

“没事，你完全不需要担心。”

“也对啊，可以转卖给其他店。”

曜子没有回答，只问他：“决定买哪一双了吗？”

洪治选了两万五千日元的鞋子，一看价格标签，发现才一万两千日元，还不到半价。

他正打算拿去结账，曜子又说：“来这里。”

她走去一旁的儿童服装卖场的收银台。

曜子向店员打了声招呼，走进收银台，说了声：“这算我的。”

她站在收银台前，面对着洪治露出笑容说：“欢迎光临。”

洪治原本想好好教训她，又觉得不能当着她下属的面这么做，只能把手上的鞋子放在柜台上。曜子用熟练的动作在收银台打上数字，把鞋盒连同收款机吐出的发票一起装进袋子。

“谢谢光临。”

看到她得意的表情，洪治内心的不悦也淡化了。

回到一楼，曜子问："怎么样？好玩吗？"

洪治回答："还好啦。"

这时，曜子不经意地说："我不是莫名其妙送你礼物。"

洪治心里有点纳闷，但并没有多说什么。

买完料理酒，他们再度从后门走了出去。

雨不知道什么时候停了，几道光线从厚实的云层中探出了头。

店门前仍然人挤人。他们远离人群，站在一起眺望着那家店。曜子眯起眼睛，凝望着这栋老旧的两层楼建筑。她应该感慨很深吧，洪治看着她的侧脸想道。

"你之后有什么打算？"

他第一次提起这件事。

她沉默了很久，似乎欲言又止。

"和以前一样啊。"

她突然开口说道。

"和以前一样？"

洪治听不懂她的意思追问道。

"明天和后天继续出清拍卖，星期六休息，星期天就重新开张了。"

“什么？”

洪治瞪大眼睛注视着她的脸。

曜子转头看着他：“我买下了这家店。”

“啊？”

“所以，从下个星期开始，这家店就是我的。我用我爸留下的遗产、我妈的保险金，还有卖了那块土地所剩下的钱，我在公司上班时的几个客户也帮忙出资，所以我就买下了这家店。”

由于事出突然，洪治说不出话。曜子嫣然一笑。

“很厉害吧？”

“但是……”

“这一个月可把我忙坏了，又要照顾你，又要忙这家店。我决定了，绝对不离开这片土地，绝对不让这家店倒闭。虽然有人认为时下独立的小型超市很难生存，但我并不认同。有很多厂商都说愿意协助我，而且……”

曜子又看了店的方向一眼。

“你看，这么多客人。这些人多年来都一直在这里买菜，如果这家店关了，最伤脑筋的是客人，怎么可以因为公司的政策说关就关，我做不到。无论发生什么事，我都要坚守岗位，为这些客人努力。洪治，你应该也这么认为吧？”

“也许吧。”

“我就知道。所以，以后我们要一起经营这家店。”

“我们？是指你和我吗？”

“那当然。我们以后必须照顾彼此一辈子。”

“那倒是。”

洪治小声回答着，难怪刚才曜子带他走员工出入口，会说“先熟悉一下也好”。

“还是说你不想经营超市？”

她突然这么问，洪治也不知道怎么回答。

“总之，已经签了约，没有退路了。”

看到洪治怅然的表情，曜子一脸为难。事实当然并不完全如此。

“你不要太自作主张。”洪治叮咛道。

“好，以后不管任何事，我会和你商量。”她立刻像煞有介事地回答。

“你过来。”

曜子跑向盖着蓝色塑料布的广告牌，洪治也来到广告牌下方。

仔细一看，塑料布下方垂着长绳子。曜子拿着绳子的前端说：“来，你来拉这根绳子。”

洪治还来不及伸手，她就抢过装着鞋子的纸袋催促说：“董事长，快点、快点。”

什么董事长啊？洪治纳闷地接过绳子，双手用力一拉。随着一阵刺耳的声音，塑料布滑了下来，上面的水滴像下雨般喷在洪治的脸上。站在洪治身旁的曜子溅了满身雨水，她惊叫一声。

水跑进了眼睛，广告牌上模糊的字在阳光中渐渐清晰起来，上面写着：

阿喀琉斯超市

“怎么样？这个名字很不错吧？”曜子有点害羞地说道。

随后她又补充说：“荷马曾把阿喀琉斯称为波达露凯斯，据说在希腊语中，波达露凯斯的意思是全世界跑得最快的人。”

12

洪治听到这句话，定睛看着那几个字，感觉到记忆在脑海中苏醒。刚开始只是很轻微的声音，他竖耳静听，终于发现那是隐约的说话声。洪治将目光从广告牌上移开，看着曜子。她一脸担心地注视着洪治。

这时，洪治感觉到膝盖以下无力，好像气球漏气般，那感觉仿佛回到了在病房醒来的翌日早晨，想试着走路却站不起来。洪治顿时瘫坐在潮湿的柏油路面上。

他一坐到地上，回响在脑海中的声音顿时变得清晰起来。洪治双手撑地，确认着冰冷粗糙的触感，拼命竖起耳朵。

给我、给我，给给给我。

他终于想起，那是曜子在那时候的声音。

那个声音变得更加清晰。

还给我，还给我。

洪治知道曜子蹲在自己身旁，他很自然地转头看着她。

快吐、快吐，快吐出来。

失去的一部分记忆迅速恢复。曜子想抢走洪治手上的一公升酒瓶，哭得泣不成声的脸，以及把手指伸进洪治的嘴，试图让他把药吐出来时的可怕表情，这些画面都清晰地重现在脑海中，和曜子在眼前的脸重叠在一起。

原来是这样，洪治不禁愕然。

自己仍然坐在那个泄满春光的草地上。

在没有分辨出真相之前，根本不可能知道自己犯下的错，这是理所当然的事。没什么大不了，当时真的想一死了之的是我。当初不是我阻止她死，直到最后一刻，都是她拼命阻止我。找不到生存的方法，也找不到生存的理由，丧失了自己的时间，无法抵抗死亡诱惑的不是她，而是我。不是她相信我、依赖我，而是我相信她、依赖她。而且，为了保护我，她直到这一刻都在拼命说谎。她不是为了自己活下去而这么说，而是为了让已经心灰意冷、自暴自弃的我活下去，默默地接受了自私任性的我所提出的要求。下定决心痛改前非，重新活一次的不是我，而是她。

我太傲慢、太肤浅了。

我做了那种蠢事，还以为自己在同情别人、怜悯别人、帮助别人。在此之前，从来没有认真同情过别人，也从来没有深切地怜悯别人，更从来没有真正帮助过别人，所以无法独自奔赴黄泉，还利用她的痛苦不负责任地做出那种无可挽回的事。

他的耳边响起一个声音。

这样下去，你真的会完蛋——父亲说得没错。

洪治缓缓站了起来，长裤的臀部都湿了。虽然已经站了起来，但他却没有自信可以自己走路。

曜子也站了起来，她缓缓伸出手，用力握着洪治湿湿的手。

“我们走吧。”

洪治看着她的脸，仿佛第一次这么仔细打量她。

他突然觉得，也许不需要一个人走路也没有关系。

就好像刚才两个人搀扶着，从今以后，也可以两个人一起走，也许这样也不错。曾经跌倒的人踏出新的一步时，应该就是这么一回事吧……

“洪治，生日快乐！今天是你三十岁生日。”

曜子用宛如祈祷般的声音小声说道。

砂之城

1

矢田泰治对自己以往的人生抱着极其怀疑的态度。

他已经过了花甲之年，迈入人生成熟的季节，世人对他有特殊的评价，他也获得了人人称羡的名声。然而这一阵子，他整天感到焦躁不已，仿佛有一种难以形容的郁闷侵蚀他的内心，缓缓地撕裂他的身体。

矢田泰治以写小说为生，属于被称为文学家的那一类人。

不是作家、小说家，而是文学家的矢田迄今为止的人生很充实。在此之前，矢田本人也对此深信不疑。矢田年轻时就是令人刮目相看的作家，写作动态也很受瞩目。矢田得过无数文学奖，六十三岁的他，现在只缺一个世界文学奖，即使是这个举世瞩目的文学奖也指日可待——舆论都如此评论。

矢田泰治是可以代表现代日本文学最著名、地位最崇高的超级明星。

当然，这里并不是要谈矢田泰治的文学，因为国内外已经有无数著作讨论他的作品。况且，无论对矢田的作品本身是否有兴趣，大部分同年代的人都对他的作品略知一二。

在此想稍微让大家了解矢田泰治与他绚丽人生格格不入的心境问题。

矢田这辈子有三件令他痛恨的事。想了解矢田内心的郁闷，首先必须列举这三件事作为准备。其实，并不需要特别窥探矢田的内心，或挖出他藏在书架深处的数十本日记。因为矢田已经在自己的作品中叙述过这三件事，只是经过了各种加工而已。

（1）矢田泰治在十八岁到二十八岁，曾经有两次企图自杀，结果都因为决心不够而未能成功。

（2）矢田泰治在二十五岁结婚的妻子嘉宝丽发了疯，至今仍然在东京郊区的疗养所疗养。

（3）和嘉宝丽所生的独生子英治在父母感情不睦的情况下成长，对矢田泰治恨之入骨，父子两人的关系比陌生人还不如。矢田和情妇星野喜久子有一个女儿爱实，她天生体弱多病，至今仍然和喜久子一起过着捉襟见肘的生活。

矢田泰治靠着以上三件事确立了文学家的角色。然而，当他利用这种方式得到了一切，站在自我满足的巨塔中不经意地环顾外界，却发现成为自己建造的建筑物基础的实际生活实在太寒酸、太悲哀。为此他忍不住觉得心痛，终于对孱弱的自我真相感到悔恨交加——这样的结论未免太简单了。

身为文学家，如果因为这么一点小事就动摇，根本写不出文学作品。虽然他并非不曾对这些事感到羞耻，每次都懊恼地抓着榻榻米，饱尝流下男儿泪的绝望，但心理学名词“升华作用”[1]的功能实在是简便而富有实践性的真理，矢田泰治每次都巨细靡遗地记录最新情况，也因此能将所有事都正当化。

---

1 防御机制的一种，当个体无法接受自己的某种本能冲动或欲望，且其与社会伦理相悖时，会将其净化、提高为一种高尚追求，以求得心理上的平衡。

一旦正当化后，就再也不会回到悔悟的范畴。

更何况矢田一年三百六十五天，整天都在阅读、写作，勉强算是熟悉思考作业的人，而且凭着敏锐的嗅觉，他随时在反抗自己周围那些正常人的可疑评论。对于这种人而言，无论自己走过的路多么扭曲，都可以为自己做过的每一件事找出理由，将自己的歪理合理化是多么轻而易举的事。

矢田毕生投入的文学世界是异常的人生所织就而成的，世界文学的巨大群山宛如扭曲人格累积形成的蚂蚁窝。那个世界充斥着比矢田更异样的人生，充满了疯狂。虽然身为远东岛国的文学代表，在世界文坛上只能敬陪末座，然而至今仍然未能成为圣人的矢田泰治认为，只有像他那种言行一致的文学才是神圣、纯洁而又正统的。

为了一窥矢田泰治的郁闷，不妨就从这件事谈起。那是今年十月十四日发生的一件小事。

那天，矢田直到中午都无法起床。

昨晚的喧闹一如往年，严重损耗了矢田的神经，向来有失眠痛苦的他很早就躲回床上，得到了数小时的充足睡眠。然而，即使到现在他仍然无力下床。他七点多就醒了，却拖拖拉拉地躺在被子里将近五个小时，体会、玩味着昨晚的失望，为此感到懊恼。

今年最令矢田感到不悦的是，当那些记者像潮水退潮般离开不久，他就接到了四十年的老朋友小宫麟太郎这一个月以来的第一个电话。每年一到这个时期，矢田和小宫就会突然疏远。平时几乎每三天就会电话联络，不时相约在银座一带吃饭，谈论他们各自担任各出版社主办的文学奖评审工作，经常把年轻作者的作品说得一文不值。虽然双方内心觉得事到如今说了也是无济于事，但仍然高谈文学论，或是聊编辑、同行的无聊八卦。然而，时序一旦进入十月，彼此就完全断绝联系。因为十月是某世界性文学奖公布的时期，而矢田和小宫都是近年舆论的热门得奖人选。

两个人名落孙山已经多年。

去年，舆论认为矢田绝对会得奖，前年的评论则认为该奖非小宫莫属。然而，两个人迄今为止从未谈起与这个奖有关的话题。自从昭和四十年代某位老作家得奖之后已经过了二十年，至今仍然不曾有日本作家成为该文学奖的得奖者。该奖向来都是由欧美、亚洲、非洲的作家轮流获得，差不多也该轮到日本了。反过来说，如果矢田或是小宫这两位实力派候选人的其中一位得奖，就代表另一个人成为落败者，将永远失去得奖机会。擅长超现实主义、幻想风格，赢得广大东欧国家读者的N先生在前年暴毙后，有资格争取这个奖项的只剩下矢田和小宫两人。矢田感受到舆论的压力，小宫当然也不例外。因此，每年一到这个时节，他们很自然地断绝来往。

然而，矢田其实自负地认为自己在这场比赛中领先小宫一步。综合熟识的艺文记者每年提供的信息，矢田可以清楚地了解这一点。虽然矢田和小宫翻译成他国语言的作品数量不分轩轾，但如果论翻译成该文学奖进行评审的北欧语言，矢田的作品量则远远超过小宫。虽然外行人无从得知这些诀窍，但矢田认为这无疑是极大的优势。去年有人说，奖项会颁给远东地区的作家，在日本的矢田很有机会得奖。一年前的现在他曾经紧张不已，而今年的评价更令人满意，也因此让他对昨晚的结果相当失望，感到心如刀割。

结果由非洲某国的黑人女作家得到该奖。

那个国家刚好在政治上面临巨大的改革，废除了多年的种族隔离政策，终于建立起前所未有的黑人政权，矢田不难理解该文学奖一如既往地因为政治理由颁给了那位作家。就在矢田正在热潮退去的家中自我说服，对这样的结果虽不满意、犹尚可接受之际，接到了小宫的电话。

“你那里的情况怎么样？那些记者已经离开了吗？”

小宫一派轻松地劈头问起文学奖的事。想必小宫家里刚才也被闻讯赶到的报社和电视台记者挤得水泄不通。

“唉，每年我们都很累啊。”

矢田也故作平静地轻松回答，绝对不能让他察觉内心的失望。

“哈哈哈，的确是。”

电话彼端传来高亢的笑声。今年小宫为什么打电话来？难道是因为落选多次心生厌倦，削弱了内心的斗志，对竞争对手的矢田产生了战友的共鸣吗？向来吝啬狡猾，在跌倒后一定会拔一两根杂草才站起来的小宫竟然会做这种事，矢田不禁感到意外。

果然不出所料，小宫接下来的话使他的卑鄙心态暴露无遗，矢田有一种为人背黑锅的不悦。

“我之前就知道自己这次无望，因为上个星期那里的评审委员会向我透露了内情，说今年应该由阿妮·辛凯蕾萝得奖。”

阿妮·辛凯蕾萝就是今年的得奖者。

“是哦。”

这句话造成的冲击太大，矢田难掩内心的慌乱，忍不住发出低吟。

然后，他们提到在某个作家协会的国际大会上见过那位黑人女作家，“胖得不成人形，简直就像是恶心的妖怪”。聊了十分钟后，矢田主动挂了电话。

矢田终于了解小宫打电话给自己的原因了。今年应该是小宫第一次事先接到评审委员会的通知，所以首先想确认矢田是否也接到了相同的通知。在察觉矢田的慌乱后，就确定自己在这件事上比较占优势，虽然两个人都同时和该奖擦肩而过，但他却试图用这个小动作告诉矢田“我和你属于不同的层次”，借此缓和自己落选的心痛。

小宫这个人实在很工于心计。

十多年前，小宫曾经热衷于反核运动。在此之前，小宫一直以和平主义者的形象博取世人的欢心，也曾经和年轻时就是保守反动派的知名剧作家展开和平辩论，成为论坛的宠儿。虽然在矢田看来，这场辩论完全以小宫的失败落幕，但当时正值左翼媒体的全盛时期，舆论对这场辩论有了完全相反的评价。从此以后，小宫不时用建立在良心和人道基础上的政治评论抨击政府，至今仍然持续这种愚劣的行为。

当时正值美、苏的军备管理谈判，两国因为配备在欧洲的中程导弹问题而陷入僵局，苏联巧妙的和平攻势开始把软弱的美国政府玩弄于股掌之间。小宫灵机一动，觉得自己可以成为欧洲兴起的反核运动在日本的总代理，在文坛打出“参与世界反核势力”这种难以想象、经过文学家修饰的口号大肆煽动，但不知道他是具备这种资质，还是天生具有组织能力，他以此和某大型左翼出版社联手，成功地推动了一股风潮。

小宫积极参加这场运动，也曾经要求矢田参加反核联署这种招摇撞骗的组织。而且，他还大剌剌地以共同议长的身份参加了在赫尔辛基举行的反核文人国际会议，用蹩脚的英语在台上朗读一味指责西方国家导弹问题的“国际文人呼吁”，简直令人喷饭，但他在日本媒体的声望却因此再度飙升。

他也因此在世界各地打响了自己的名气。这件事发生后，他的作品开始大量在苏联和东欧国家翻译出版，他也因此在与文学家极有渊源的国际组织中得到了重要的职位。这绝对是那个工于心计的男人为了得到今天的文学奖所建立的远大战略——最近，矢田终于认知到这一点。

小宫是矢田所认识的人中言行最不一致的人。从小家境贫困，导致他沉溺于奢侈和毫不节制的女色，并生出一种傲慢自大的权威，经常给周围的人带来难以忍受的痛苦。

然而，昨晚接到小宫的电话后，矢田对他的这种可以称为狡猾的算计忍不住咂舌，但也感受到惨痛的挫折感。

大概情况姑且写到这里。第二天十月十四日下午两点左右，矢田泰治终于下了床，脸也懒得洗，怀着沮丧的心情，心想反正没人看到，就摆了一张臭到极点的脸，独自吃着钟点帮佣准备的午餐。这时，客厅的电话突然响了。

“好久不见，最近好吗？”

打电话来的是池谷良造。

“好久不见。”

矢田今天一整天都不想和别人说话，但对老友池谷不能这么无礼。不光是因为池谷是他的大学同学，更因为他身为某家全国性报纸董事长的地位，矢田对他的态度也很自然地客套起来。

“真遗憾，不过，未来的两三年内你一定可以得奖，不要气馁，继续加油！”

“谢谢你的关心，但我反而把这件事看得很轻松。原本我就不认为我真的有资格得那个奖，所以每次都抱着和大家一起享受这个玩笑的心态看待这件事。”

矢田言不由衷地说道。

“不，你不得奖，我就伤脑筋了。这三四年来，我每年都准备了一大束花待命。我的薪水微薄，如果你再不赶快得奖，我的荷包快吃不消了。”

“哈哈哈哈哈，真是太对不起你了。”

“有一件事……”池谷突然用严肃的语气说道。

矢田有点讶异，看来他打电话来另有目的。池谷在电话彼端沉默片刻，似乎难以启齿，矢田有一种不祥的预感。

“我们报社的社会部部长向我报告了一件事，让我有点伤脑筋。”

果然不出所料，矢田原本就已经消沉的心情更是一下子滑到了谷底。

“英治又闯祸了吗？”

“对，就是这样。详细情况还不是很清楚，总之，我想应该先通知你一下。”

“他这次又惹了什么麻烦？”

矢田和英治已经很久没有见面了。两年前，他经营的咖啡店因为赌博性电玩遭人检举，当时也差一点成为社会新闻，矢田费了好大的力气才把那件事压下来。半年后，他说这一次会认真经营咖啡店，矢田又给了他五百万日元，至今已经有一年多的时间音信全无。

英治是矢田在二十六岁时生的孩子，今年三十七岁，已经不是可以称为小孩的年纪了，却仍然无法安定下来。妻子嘉宝丽在英治读中学三年级时住院，他在来年进高中后，就擅自在学校附近找了一间公寓，离矢田而去。

“你自己也是为所欲为，根本没资格说我。”

矢田把嘉宝丽送去医院后，终于摆脱了十年炼狱般的生活，再度整天泡在喜久子和女儿爱实在人形町所居住的欧式公寓，几乎不管英治。因此，当英治拿着嘉宝丽的存折和印鉴撂下这句话离开时，矢田内心反而松了一口气。老实说，虽然是自己的亲生儿子，但每天跟用憎恨的眼神处处挑衅自己的人一起生活实在是莫大的痛苦。矢田也渐渐痛恨这个独生子，当然，他的痛恨程度应该无法和英治相比。

这些都是嘉宝丽的疯狂所造成的悲剧。英治是个可怜的孩子，完全被嘉宝丽的疯狂操控和利用。回想起来，嘉宝丽发疯的最大受害者并不是矢田，而是英治。

从和喜久子之间的关系曝光，生下爱实，嘉宝丽自杀这些惨事接二连三发生的时期开始，嘉宝丽的偏执完全操控了英治。发现爱实的身体出现问题后，矢田为了安抚无助的喜久子，不知不觉地在大久保的廉价公寓和她同居。那一阵子嘉宝丽时不时上门，年幼的英治跟在一旁，那情景令矢田至今难以忘记。那时候英治刚满三岁，嘉宝丽的疯狂一定严重影响了他的精神状况。

当时，在某个深夜时分，矢田突然听到隐约的哭泣声，打开公寓不够结实的门，发现英治孤零零地站在刺骨的寒风中哭得泣不成声。矢田慌忙把喜久子叫了起来，让浑身冰冷的英治泡澡后，和喜久子一起抱着他到天亮。刚出生不久的爱实在一旁不时哭闹，喜久子每次都起床，在睡得香甜的英治和矢田身旁打开衣襟，把青白色的乳房塞进幼女的嘴里。矢田在疲惫中看着自己的女人和两个孩子，真正体会到什么是这个世界的地狱。

这些事以后再详谈，先继续刚才的事。

“目前只是记者从警视厅传来不完整的消息，具体情况还不清楚，但听说英治又遭到逮捕，而且这次的情况好像比较棘手。”

池谷似乎也难以说出口。

“怎么了？该不会是杀了人吧？”

矢田并不完全是开玩笑地问。

池谷轻轻苦笑着说：“怎么可能？听说是因为安非他命。英治虽然不是主犯，但好像和贩毒集团有什么牵扯。警方去店里搜索时，搜到了大量安非他命。”

听到是因为安非他命，矢田松了一口气。如果是伤害、窃盗这种有明确被害人的刑事案件，即使是矢田，也很难把事情摆平。

“你有什么打算？你们报社要写吗？”

矢田直截了当地问道。在说话的同时，脑子里已经开始盘算。出版社旗下的周刊杂志和晚报即使知道英治发生了社会事件，应该也不会报道。矢田众多著作的版权都在那几家旗下拥有周刊、杂志的大出版社，写作四十多年，畅销书的数量也不计其数。同时，他也是各出版社举办主要文学奖的评审委员。让他比较担心的是全国性的大报，目前正在早报连载小说的 Y 报应该没问题，让他无法安心的是池谷的 A 报和目前比较少来往的 M 报。矢田在经济类的 S 报也有艺文时事评论，所以也不需担心。另外，已经和 N 报约定明年春天开始连载，所以 N 报也不成问题。那么，最令人放不下心的就是 A 报、M 报和电视台。

“刚才社会部的部长也说，除非英治涉入很深，原则上不会报道。”

“是吗？那实在太感谢了，我又欠了你一份人情。”

A 报的问题也解决了，矢田松了一口气。

“英治目前好像在碑文谷署，你有什么打算？要不要我派车子和我们社会部负责的人陪你去？”

两年前，矢田也是听取池谷的建议，去辖区警署打招呼，当场把英治保释回家，充分展现了大报的实力。

“不，不用了。既然是安非他命的问题，警方恐怕很难把大事化小，小事化无，即使我去了，也帮不上什么忙。虽然听起来像是不负责任的推托，但我不想再管英治的事。”

矢田想赶快挂电话，以便立刻向M报施压，把这则新闻压下来。

“这一次，即使英治的名字上报，我也只能认命了。身为父亲，我已经无法为他辩解了。”矢田口是心非地说完，故意重重地叹了一口气，“我有点累了，不好意思，我要挂电话了，谢谢你打电话来。”

那天晚上，矢田泰治校对明年年初开始发行的第二部全集的稿子直到深夜。稿子全集的版权在S社，但以前的责任编辑T在去年退休了，这次的全集编辑工作格外麻烦。如果继续由T负责，应该可以和担任第一部全集监修工作的文艺评论家Y先生配合得十分出色，但新的责任编辑很年轻——其实已经三十好几了，他担心会有很多疏忽的地方。Y先生目前已经是赫赫有名的大评论家，年轻的责任编辑不光怕得罪矢田，也很怕得罪Y先生，所以无论出版日期、月报和索引都无法如矢田的愿。

十三年前出版了第一部全集，当时矢田才刚五十岁，监修的Y先生应该还不到四十岁。当Y还是少壮派的新锐评论家崭露头角时，矢田亲自拔擢他，赋予重任。如今他已经是举足轻重的重量级评论家，不得不令矢田感叹岁月的流逝。

看着全集厚实的校对稿，矢田忍不住回想起自己身为文学家一路走来的历程。十三年前，不曾如此陷入回忆。当年虽然称不上精力旺盛，但对创作充满自信。矢田二十二岁在文坛崭露头角，翌年就获颁被称为“新人作家成功快捷方式”的A奖，是战后最年轻的得奖者。之后，在五十岁之前，虽然曾经经历了两次休笔期，但还是发表了为数庞大的作品，因此，第一部全集总共有二十四卷。在手上有好几个连载的同时努力校稿，重新检视年轻时的作品，对自以为是的稚嫩笔调、表达观念时缺乏统一、以初生牛犊不畏虎之态贪婪地选择各种主题感到怀念的同时，不得不露出一抹苦笑。然而，他对过去走过的路并没有感到不满。年轻的矢田不知世事、不谙人情，也没有真正体会过情爱、苦恼和欢喜，迷失在创作者的路上。他在害怕世界、害怕他人，对自己的无知感到极度惶恐的同时努力和文学缠斗，渗透在每一部催人泪下的作品中。

现实人生的问题是所有文学家最无法摆脱的矛盾，到底应该是身为体验者还是敏锐的观察者，所有人的人生都建立在体验和观察的微妙缝隙之上，意识活动的基础随时在这两者之间移动，维持着不确定性。然而，一旦将表达这种异质的观察器具插入这个缝隙，所衍生出极大的前后矛盾也会表现在作家的作品里。

二十多岁的矢田称这种矛盾为“纯粹的苦恼”，多次在自己的作品中加以透露。比方说，他曾经将在星野喜久子和嘉宝丽之间摇摆不定的自己描写成以考古学家为主人翁的作品《静谧的迷宫》，其中有以下这一段：

> 如果这是“纯粹的苦恼”，无论多么丑陋，都将会比如今更轻松、更亮丽地把他带向毁灭。如今，他整日在阴郁的研究室里欣赏、怜惜原始时代的A，A宛如一根钢棒般炽热又温柔地贯穿他的内心。然而，A如今在半空中露出虚幻的眼神，带着不置可否的笑容，拒人千里地低头看着他。A是历史的司祭，也是每一个人的司祭，似乎包容了一切，然而，在把人类收纳到某一个地方时，“神奇的抖动”使之不具备同时拯救多人的慈悲。

只有“纯粹的苦恼”具备了滋润的生命实质，从太古时代到永远，都是面目全非的、凄惨的，却充满像太阳般活力的生命的一切。他深深眷恋，这正是他自己最后的自己，在很久以前，想必在他出生以前，就已经深刻了解这一点。A此刻就在这里，A此刻就在“浮动发光的森林”里。（摘自《静谧的迷宫》一四九页）

《静谧的迷宫》成为超级畅销作品，得到当年最具权威的文学奖时，矢田在得奖感言中这么写道：

——我努力试图向不可动摇的实存主义的乡愁注入新的感情火柱。人（不光是对我而言）应该有归宿，在那个归宿之地，应该有通红的、温暖的火焰在燃烧。这种坚信的心情在我创造这部作品的过程中，不时触动我的灵魂。

然而，目前矢田在修改的这十多年的作品不仅数量不多，而且无法引起矢田的任何感慨。很久以前，矢田和小宫曾在某文艺杂志上对谈：

小宫　我认为纯文学和中间小说的差异，就是纯文学是作家为自己而写，中间小说则是为他人，也就是为读者而写。所以，中间小说当然会畅销。也就是说，我们穷困潦倒也是命中注定的（笑）。

矢田　哈哈哈……

当然，矢田不免在内心嘲笑小宫这番一如既往不负责任的话，甚至觉得："如果你也喊穷，这个世界上到底谁是富人？"过了一阵子，矢田委婉地在该杂志上反驳了他的论调。

矢田　文学最可怕的就是文章本身越来越漫不经心。大家向来都认为我是反私小说的代表，其实并不是如此。我之前之所以不认为私小说在日本文学中占据重要的地位，只是因为私小说的文体往往流于简单。用比较讽刺的话来说，私小说很容易翻译成外语，几乎和科幻小说差不多，然而，欧美国家的人却很难真正理解小说内容。外国人会觉得："到底想怎么样呢？我们想知道接下来的发展。"

小宫　根本在于佛教和基督教的世界观无法兼容。

矢田　在欧美人眼中，佛教属于原始的多神教，也就是落后的宗教。私小说是主张亲身体验的权威化，无论怎么学习思想、培养学识，都不可能了解人世和女人（笑）。这和背负西欧哲学传统的文学有几分相似，在西方人眼中，思考的部分太天真了，根本不值得一读。

小宫　没错。

如今，矢田想起小宫当时说的“文学是为自己而写”这句话，用这个角度观察近年的这些作品，发现就连自己也觉得这些内容无聊透顶。当然，他在思想方面的确比以前成熟。长年连续推出作品的矢田可以感受到自己成长的足迹。然而，谈到作品本身，几乎都是把二十多岁至三十多岁的作品冷饭热炒而已。仿佛在提醒自己不能忘记和喜久子、爱实、嘉宝丽、英治一起在泥泞中挣扎的往事记忆，执拗地一再重复记录。

更严重的问题是，矢田原本指望在这些作品中加以完善自己的思想，却始终无法进入终点站，而被弃置在茫茫的原野上。

年轻时，矢田最唾弃“无常”的思想。他认为人总有一天会回归到一无所有的状态，无论爱恨情仇、喜怒哀乐，都只是现实的幻梦——他将这种简单明了的“真理”，视为可以无限上纲的知识性怠惰，并对此痛恨不已。然而，最近重读自己近年的作品后，连矢田自己都怀疑，自己所写的这些救济的内容真的能够解释这个无常现世吗？充其量只是爱的不灭、苦恼中的喜悦，也就是罗列极其陈腐、了无新意的词汇而已。小宫那个无可救药的贪婪家伙，听说还是虔诚的基督徒，居然曾经对他的朋友这么评论矢田的文学——

“他的文学就像是无神论者在拼命追求神明一样，简直就是不堪入目的徒劳。”

矢田听到这番话时怒不可遏，但也感受到一种被人说中痛处的窒息。他在眼下这份孤独的校对工作中，再度感受到当时的窒息。

矢田泰治放下笔，站了起来，躺在一旁的床上。

他突然想起了英治。

挂了池谷的电话后，矢田立刻打电话给 K 出版社的董事长 U 先生，他曾经是矢田的责任编辑。因为他想起 U 先生和 M 报的 O 董事长私交甚笃。U 先生说：“我马上去打点这件事。”让矢田放下心中的一块石头。之后，矢田就完全把英治的事抛在脑后。

——他现在不知道在干什么？

刚才矢田外出吃了晚餐。他在步行十五分钟的车站前那家熟悉的寿司店喝了点日本酒，吃了几个寿司才回来。回程的路上下起了雨。虽然只是像细雾般的雨，寿司店的年轻女生追上来拿伞给他。他听到背后有人叫："老——师、老——师。"

小女生独特的高亢声音此时仍然萦绕耳际。下雨后，空气突然变冷，快到家的时候，吐出来的气都是白白的。

英治已经在警局的拘留所睡着了吗？这种天气应该会很冷吧。矢田脑海中想象着英治咬紧牙关、身体缩成一团、翻来覆去睡不着、怔怔地看着水泥天花板上污渍的身影。那是英治小时候刚上小学时的样子。应该允许家属给他送一件毛衣吧，矢田心想，但随即想起那个染着红发、胸部大得惊人、一看就很低能的年轻女人的脸。矢田记得她姓桂木，但忘了她叫什么名字，只记得当初还为她雅致的名字和她给人的感觉格格不入感到惊讶。那是英治两年前因为赌博扑克机遭到逮捕时和他同居的轻浮女人。如果他们还没有分手，应该会帮英治送衣服去吧。英治和矢田不同，年轻时就很有女人缘。当年也是因为把班上女生的肚子搞大才会在高中就遭退学。当对方父母得知英治父亲的名字想把事情闹大时，英治擅自提出退学申请，消失无踪了。他并没有带那个女学生一起走，矢田对这件事很不以为然。不幸的境遇会夺走一个人的诚实吗？矢田轻视落荒而逃的儿子，却完全没有意识到自己也半斤八两。

矢田真的只有偶尔才听说英治的下落。他每隔两三年必定会回来向矢田要钱，从他当时有一搭没一搭的聊天中得知，他当过司机、厨师和业务员，但都没有持续太久，整天过着游手好闲的生活。

那种男人也有女人看上，也有一起喝酒的朋友。虽然矢田很难想象，但还是决定认同这也算是一种生活方式。矢田对拿钱给他并没有太大的抵抗，这不是身为父亲的补偿，而是身为父亲，既然自己手上有钱，当然不可能拒绝儿子这样的要求。

矢田认为，即使花钱，儿女早晚也是要离开的。人只能在茫茫的人海中抓着身边的木板漂流，感情只是物理距离的问题。

嘉宝丽住院那天，矢田和英治向病房里的嘉宝丽道别时，始终安静得出奇的妻子突然抬起头，目不转睛地看着矢田和英治。当矢田打开门，英治也跟在身后准备离开的那一刹那，嘉宝丽突然嘶叫着：“英治、英治！”

她抱着英治的身体放声大哭。陪在一旁的两名看护赶紧拉开嘉宝丽，催促他们说：“快走、快走吧。”

矢田想起那天离开医院，两人并肩缓缓走回车站时，儿子不发一语、冷漠无表情的脸，也想起英治在喜久子公寓玄关前哭泣的身影。嘉宝丽命令他“你去拜托爸爸回家”，英治低着头小声地说“爸爸，你回家吧”的声音在矢田的耳畔响起。

嘉宝丽精神出现问题后，矢田无法长时间离开家，和嘉宝丽无论大小事都口出恶言，争执不休，每次英治都在一旁哭泣。小学四年级时，他在矢田和嘉宝丽旁抱着头，突然躺在地上打滚大叫：“我快疯了！我快疯了！”

当时的情景实在很可怕。

那天，带喜久子和爱实去游乐园时，刚好遇到英治。他去售卖部为爱实买冰激凌，英治手拿着冰激凌就站在一旁。矢田无法忘记英治当时说的话。

“我和朋友一起来的。”

他说完这句话，就一溜烟地从矢田面前跑开了。

矢田突然感受到一阵睡意。一看墙上的时钟，已经凌晨两点多了。平时这个时间还无法入睡，今天可能太累了。他用力深呼吸，拉起毛毯，用力抱在怀里，静静地闭上眼睛。

2

矢田泰治暗自为自己严重缺乏男性魅力感到羞耻，他一辈子都无法摆脱这种自卑。他觉得上天给他文学创作的才华，是因为怜悯他如果缺乏这种能力，就无法生存。矢田对成为自己工作的文学创作极度执着，渴望在工作上获得极大的成功，就是基于这样的心理背景。

矢田这种自卑来自相应的亲身经验。

矢田泰治二十二岁时，第一次应征文艺杂志的小说奖就顺利入围，使他在文学之路上迈出了成功的第一步。当时，矢田还是某国立大学专攻德国文学的研究生。他的作品成为A奖的最终入围作品，虽然最后和该奖擦肩而过，但在评审会上获得众多评审委员的高度评价，矢田一跃成为文坛的年轻宠儿，因而受到瞩目。

矢田的出道作品以他度过少年时代的九州岛军港都市为舞台。主人翁是就读即将进行学制改革的旧制中学学生，故事描写了他和他的好朋友，以及已经沦为娼妓的好朋友的姐姐，三人之间阴暗的关系。

这里没有足够的篇幅详细介绍内容，简单地说，就是少女靠卖身努力支撑无依无靠的姐弟两人的生活。对少女来说，栽培弟弟成为优秀的人才是她唯一的生命动力。没想到弟弟却遭遇到可能会被学校退学的暴力事件。姐姐心慌意乱，恳求弟弟的好朋友，也就是主人翁的少年顶罪。主人翁的家境不算清寒，即使遭到退学，也不会影响他的求学之路。主人翁碍于人情，只能答应好朋友姐姐的恳求。即使因为他之前就暗恋她，还是不免犹豫。同学姐姐看到他陷入犹豫，便以身相许。最后，少年虽然贪婪地享受了少女的身体，却无法在关键时刻挺身而出，最后坐视好朋友遭到退学……

战败后，社会的价值观沦丧，这部作品借由自虐式的心理描写表达了主人翁因为自私和怯懦而失去一切的虚无。同时，大胆描写玩弄好朋友姐姐身体的性爱场面也很受好评，一推出就引起可以称之为社会事件的极大反响。

然而，这里要讨论的并不是这部作品本身的问题。

虽然矢田作品中大胆的性爱描写为舆论提供了讨论话题，然而，他自己却还是处男。对矢田来说，这才是最重要的事。

他内心为此感到羞耻，因而绝不让旁人察觉到这一点，但也不能假装自己是“过来人”。矢田在性方面的不成熟，只能借着伫立在德国文学的黑暗森林中努力维持内心的平静，如今却面临可能会以最意想不到的方式公之于世的危机，而且，是他自己把自己逼入这种绝境的，所以更加无可救药。

这时，他邂逅了，不，应该说是重逢了当时就读某女子大学的学生赤江嘉宝丽。

两年前，矢田在某个读书会认识了嘉宝丽，在矢田得到新人奖、成为瞩目的焦点之前，几乎没有和她说过一句话。这个读书会的成员都是一些好像自体中毒的纤弱文学青年，凄惨得有点滑稽，嘉宝丽凭着沉鱼落雁般的美貌成为众人心目中的女神。她的周围经常聚集许多面色惨白的男人，一脸穷酸相的矢田甚至无法靠近一步。

然而，矢田的这项文学壮举——在这个凄惨的读书会里，矢田的得奖无疑是前无古人后无来者的大事——这对周遭人所产生的改变远远超过他自己的改变。嘉宝丽的变化尤其明显，她突如其来地接近矢田。

在经历至今回想起来仍然会羞红脸颊的稚拙恋爱后，矢田和嘉宝丽发生了肉体关系。然而，嘉宝丽在这么短暂的交往时间内已经看透了矢田瘦小、不起眼的身体。因为嘉宝丽在男女关系方面已经相当有经验，像矢田这种青涩幼稚的男人根本不是她的对手。

“矢田，你是第一次吧？”

虽然他之前小心翼翼，唯恐这件事被曝光，但没想到双方一脱下衣服，嘉宝丽就给了他当头一棒。

矢田脱口而出地回答：“绝对没有这种事。”

他带着惊慌颤抖的声音让这句话显得极其悲哀。矢田在这一刹那所感受的卑屈，成为他一辈子都无法愈合的创伤。

没想到嘉宝丽的反应更令他感到意外。

“你不需要为此感到丢脸，因为你是天才。”

矢田因为羞耻而陷入慌乱，无意识地胡乱舔着眼前洁白的庞大物体时，嘉宝丽已经陶醉地发出呻吟，一次又一次地重复：“啊，你是天才啊。”

翌年，矢田刊登在文艺杂志的第一部新人奖得奖作品获得了A奖。当时，他已经和嘉宝丽同居，之后直到嘉宝丽大学毕业的两年多时间，他都沉溺在和嘉宝丽的性爱中，一个劲地拼命写作，奠定了他身为文学家的基础。

遇到星野喜久子之前，矢田在女人方面简直可以说是惨败连连。虽然这方面的事不计其数，但姑且举一例吧。

当嘉宝丽怀了英治，无法再像以前那样早、中、晚都让矢田享受性爱后，矢田对这种规律习惯突然中断感到烦恼不已，因而对B出版社的责任编辑G小姐产生了非分之想。当嘉宝丽回长野的娘家待产时，他以工作为借口，频繁地与G见面。这是矢田在前一部作品成为畅销书后第一次为B出版社写新的小说，因此G在不得已的情况下只能应酬矢田。

某天晚上，矢田辗转难眠，桌上摊着稿纸，脑子里满是G的身影。他新买的车子刚好在这天送到，于是他想出去兜风，顺便去G的公寓突袭。时间已是深夜，矢田闪过这个念头后，就再也坐不住了。他买的是当时还很少见的英国产高级房车，打算带G一起去横滨兜风。他自认为只要说是为作品采访，G也不敢推辞。

他以前曾经搭出租车送G回家，所以很快找到了G的公寓。凌晨一点时，他敲了G的门。在敲门的当下，矢田开始有点畏缩。G在门内用害怕的声音应了门，她似乎已经睡着了。

“我是矢田，不好意思，这么晚打扰。”

即使矢田自报姓名，G似乎仍然不得要领，默然不语。

“我是矢田。”

矢田重复道，但知道自己说不出接下来的话。因为他发现深夜造访，说什么“今天刚好拿到新车，要不要一起去兜风？这只是为作品采访，没有其他的意思”这种话根本不合情理。

G可能陷入了沉思，也可能在和别人商量。过了好一阵子后，G口齿清楚地在门内回答：

“对不起，我现在有点不舒服。”

“怎么了？你感冒了吗？你还好吧？”

“老师，对不起，请你下次再邀我吧。”

她的语气十分冷淡。

“那就不要去兜风，你要不要看看我的车子？”

“……”

“怎么了？为什么不回答？”

“老师，对不起，今晚有点不方便。”

“你是什么意思？难道以为我在打什么歪主意吗？”

“不，我没这个意思，真的很对不起。”

“你太没礼貌了，我特地上门，你竟然连门也不打开。我一直在写稿，只是出来透透气。你这种态度，会影响我的工作情绪。别忘了，你是编辑。”

“……”

“难道你不露个脸，就想把我赶回去吗？”

“……”

“怎么样？赶快回答！”

“老师，真的很对不起。”

“不要满口老师、老师的，我又不是学校的老师！”

矢田已经不知道自己在说什么，只是气得火冒三丈。区区小编辑，竟然敢看不起堂堂的矢田泰治！这时，门内传来一个听不太清楚的声音。

如果矢田没有听错，应该是“好可怕”。

然后，门内再度传来清晰的声音。

“老师，对不起，都是我的错，你可以要求换责任编辑，我会负起所有的责任。”

“什么意思？你是不是想太多了？现在才一点多而已，并不算太晚吧？而且，你说要负责是什么意思？不至于严重到需要换责任编辑，你是不是误会了？”

“真的很对不起。”

“你别开玩笑了！”

矢田大声咆哮后，离开了G的公寓。

由此可见，矢田不懂得适当调整人际关系的距离，这是他与生俱来的一大缺陷。谈论“疏远”成为他的文学起点，他不断把石膏倒进自己肚子上的大洞，大量生产相同的模型就得以提升名誉，人性中不够完善的部分根本没有改善的余地。他在人际关系上的幼稚和他在文学上的成功互为表里，矢田多次经历了前面所介绍的失态，终于发现了这种难以摆脱的桎梏。

这次省略和星野喜久子故事的来龙去脉。

接下来要谈的是远藤纪子和小宫之间的那件事，也对矢田造成了很大的精神打击。

嘉宝丽住院，英治离家出走后，矢田找来远房亲戚的女儿远藤纪子，照顾他的生活起居。十九岁的纪子是来自九州岛穷乡僻壤的清纯女孩，在照顾矢田的生活之外，就读神田的英语学校，由当时三十九岁的矢田负担她的生活费和学费。

当时的时局不稳定，正值学运最激烈的时期，就读位于都心学校的纪子不久就被专门锁定年轻女孩的学生团体洗脑了。

不久之后，她回家的时间变得没有规律，有时候甚至擅自外宿。她的书架上开始出现思想方面的书籍。最后，她甚至向对这种政治运动兴致缺缺的矢田投以轻蔑的眼光。事实上，矢田并不是对当年的学生运动没有共鸣，一方面是因为爱实的身体障碍随着年龄的增加越来越明显；另一方面，他虽然摆脱了嘉宝丽，却和喜久子的关系趋于疏离，根本无暇参加这种高雅的游戏。

小宫比别人更积极地投入这项运动。在昭和三十五年的安保反对斗争之前，小宫和矢田一样，都对这些事漠不关心，但之后转眼之间就表现出强烈的政治热情，在第一次羽田斗争时，俨然以反体制派的文人之姿而声名大噪。在此之前，左翼文人都或多或少有代代木（日本共产党）的影子，身上带着日共六全协冲击的胎记。相较之下，小宫这种完全没有政党色彩的人就显得格外新鲜。再加上他的作家身份也获得了相当的肯定，因此，他很快就成为日本人迎合左翼风潮的最佳象征，也获得那些既不属于代代木系，也不属于反代代木系，更不关心学运学生的强烈支持。

当时，小宫经常出入矢田的家。由于他沉迷女色，在自己家里已经没有立足之地。小宫跟女性相处完全没有分寸，和学生密切来往的那一阵子，也和支持他的女学生混在一起，每晚带着不同的对象四处风流。二流的周刊杂志已经揭穿了他的这些行径，导致他名誉扫地。

两年后，矢田看了小宫的作品大惊失色。现在他从来不看小宫写的作品，但当时他们两个人只要其中一人推出新作，另一个人就会热切地阅读。

小宫的作品中详细地记录了他和纪子之间的糜烂关系。

在学运渐渐平息，东京终于恢复平静之际，纪子突然向英语学校提出休学，没有向矢田打一声招呼就回了老家。

有一天，她突然没有回家，矢田正感到担心，就接到纪子从九州岛打来的电话，冷冷地宣布："我再也不想回东京。"她的话让人不得要领，但矢田心想，本来就是找她来洗衣服、打扫而已，也许她在自由自在的都会生活中遇到了坏男人，心生厌倦，黯然回老家。然而，他做梦也没有想到，那个坏男人居然就是小宫。

根据小宫所写的内容，他和纪子在同业的朋友（就是矢田）家第一次见面的当天晚上就发生了肉体关系。纪子在高中时代打垒球，所以骨架很大，身体很结实，而肉体好像橡胶般富有弹性，她虽然貌不惊人，身体却令男人乐此不疲。在这部露骨地描写这样的女学生和中年男作家丑陋性爱的作品中，最大的卖点就是如何趁后知后觉的友人不备，多次在这位友人家偷欢。友人不在家时，他们在纪子的房间内翻云覆雨，在二楼阳台上颠鸾倒凤，最后甚至在友人的书房内春风一度。深夜，当友人进入梦乡后，他再度造访纪子的房间，巫山云雨数小时。无论家中的格局、后门的情况和庭院的风景，还是友人书房的布置和摆设，都和矢田家一模一样。当然，纪子、矢田和小宫的来历也几乎如实陈述。

矢田看完后，立刻把小宫找来兴师问罪。以下是他们当时的对话。

“这是在写小纪，我没说错吧？”

“哈哈哈……果然被你发现了。”

“那当然，你到底想怎么样？”

“没想怎么样，我只是把事实写出来而已。”

“这么说，这里写的那个后知后觉的友人就是我吗？”

“嗯，也可以这么说。”

“你太过分了。”

“为什么？”

“这样难道还不过分吗？小纪是我远房亲戚的女儿，被你写成这副德行，教我面子怎么挂得住。”

“没这回事，这是我和那个小女孩之间的事。”

“看你写的内容，她两次为你拿掉孩子，你怎么可以对我的亲戚做这种事？”

“没有，其实这部分掺杂了一些虚构。”

“你还写到曾经在我书房里，坐在我的稿子上翻云覆雨。”

“哈哈哈……”

“你到底在想什么？！”

“哈哈哈……”

“有什么好笑的？”

“不好意思，你真的没有发现我们的事？”

“……”

“她真是个尤物，你这个人太不解风情了。”

“你写成这样，还以为我会忍气吞声吗？”

“我知道你看了会不高兴，但我还是想写下来。”

“万一小纪看到了，会有何感想？”

“不知道。不过，反正她也结婚了，只要她不说，就没人知道。反正那种乡下地方，根本没有人看我的作品。”

“你说结婚，她结婚了吗？”

“你不知道吗？已经差不多快半年了。”

“你怎么会知道？”

“前一阵子我刚好去宫崎演讲，就顺便找她出来。她目前住在宫崎市。”

“……”

“对了，对了，她好像不太喜欢你，那时候也经常抱怨你把她当女佣。”

“我真受不了你。”

“哈哈哈，你说话不要这么严肃嘛。她正是少女怀春的年纪，欲火焚身。你其实应该上她一次，你们虽然是远亲，但没有血缘关系。”

“你真大言不惭。”

“哈哈哈，如果惹你生气，我道歉。我们都是靠写作为生，这种事就睁一只眼闭一只眼吧，反正我又不是和你的老婆上床。我不了解你作品的情况，但女人是我写作的源泉，如果一直在意别人，我的文学会枯萎。你应该能够了解吧，你以前不是也曾经大写特写喜久子的事吗？所以才会导致嘉宝丽精神出问题吧。”

这件事之后，矢田和小宫断绝了来往。没想到半年后，两个人又恢复了无话不谈的关系。

3

从前面列举的几个片段中，或许很难了解矢田泰治目前的郁闷。然而，篇幅只剩下不到一半了，因此，虽然有点匆忙，但必须赶快向结论推进。

为了提醒各位注意，必须重申一件事，矢田的文学建立在自我牺牲的基础上——他对这一点并没有半点后悔。耸立在体验和观察中间地带的巨塔，即使对矢田本身来说充满了矛盾，但只要能对他人绽放出价值的光芒，就必须肯定矢田的人生。问题是矢田的文学是否真正具备了价值的光芒，这正是矢田本人最近所怀疑的事。他在这件事上的郁闷可以称为文学的烦闷。当然，这必须建立在他所写的东西可以称为文学的基础上。

二十年前，矢田接受某报的采访时，一位刚从外地分局调回来的年轻菜鸟记者曾经问他：

“老师，拜读您的作品后，我总觉得您如实地描写了自己的体验。我知道您认为这是私小说的突破，但是像您这样，把作家本身的经验以各式各样的方式加以改变成更观念性的、更抽象的内容时，真的可以产生不同于私小说的更大价值和文学性吗？上司总是一再叮咛我们记者，必须客观报道事实，就是要对事实真相保持忠实和尊敬的态度，不要掺杂蹩脚的解释。如果真的了解事实，或者说了解什么是事实，就应该如实地记录下来，这是记者的使命。眼前的一切——其他还有什么是必须传达的吗？假设小说家经历了什么事，运用小说家的感性有所体会，或是因此掌握真理，再把因为这个契机得到的经验或是思考过程如实地提示给读者，会比较通俗易懂，而这不正是小说家的使命吗？详细报告亲身经验是小说的大前提，如果连这种经历过的事实都变得抽象化，其实是对经验本身的冒渎，也是让人类思想失控的行为。该怎么说，这等于是小说的自慰化，看到别人当着自己的面自慰，根本一点都不好玩……”

由于对方是同一所大学德文系的学弟，刚开始还对他抱有好感，但当他问出这种鲁莽无礼且愚蠢无知的问题时，矢田再也无法忍受这个年轻记者的愚昧。

“那你说的事实、真相，还有经验到底是什么？如果你能够明确定义，我倒想洗耳恭听，同时，也希望你可以证明写作经验是否可以比生活杂记更具有文学性。”矢田气势汹汹地反问道。

年轻记者顿时吓得脸色发白：“对不起，我问了不该问的问题。”

他一直鞠躬，再三赔不是。

其实，矢田被说中了痛处，内心直冒冷汗。没错，矢田的确不曾如实地记录他稚拙的经验。借由隐喻接隐喻，明喻套明喻，模拟后又是模拟，并结合西方的观念主义和对无神教咒术的信仰，把嘉宝丽的发疯、与喜久子的外遇、爱实的病情以及自己的自杀未遂都变成极度不明确的晦暗文体。旁人将之解释为私小说的突破，是作者写给读者的书简，跳脱了以往缺乏普遍性的、不成熟的日本文学框架。矢田自己也这么解释，然而，实际上却和必须运用仅有的材料做出多样化菜肴的厨师一样，只能费尽心思地下苦功。

简单地说，矢田的文学是由无数现学现卖的学识堆砌而成的，他的文学本质和他在战争时代每天吃的面疙瘩差不多。整天担心被别人看穿这一切的不是别人，正是矢田自己。那位年轻记者出其不意地道出了矢田内心的恐惧，正因为这样，向来被认为温厚文学家的矢田才会表现出这么强烈的抗拒反应。

当人受到太多称赞时，就连自己也会忘记真相。二十年后，这种恐惧也会烟消云散。矢田泰治不应该对那个年轻记者的话嗤之以鼻，而是应该认真接受。然而，矢田泰治仍然满足于自己的虚名，不以为然地说："记者都是一些废物。"

矢田在和星野喜久子的风流韵事——那是他三十岁之前的事——之后，就将在屁股后不断增值的名声尾巴当作平衡器，决定自己从今以后的人生将专心创作文学，不追求其他任何事。这等于是回归年轻时幼稚的自己，努力在德国文学的黑暗森林中掩饰自己在性方面的不成熟。他在二十八岁时的自杀未遂充其量只是一个跳跃台，让他可以投身于这种闭上眼睛、塞住耳朵、缺乏勇气的怠惰生活。所以，只能以未遂结束。

得知英治因为安非他命事件遭到逮捕的第五天，也就是十月十九日下午，一个年轻女孩带着一个小孩子造访矢田泰治。

在宽敞的玄关看到那个抱着幼儿的女人，矢田一下子认不出对方是谁，在她自报姓名后，才终于恍然大悟。

“我是麻美，对不起，突然不请自来。”

——对，她的名字叫麻美。

那是英治的情人桂木麻美，矢田在两年前见过一次，如今她上门来找他了。然而，桂木麻美的样子和矢田记忆中她的样子相去甚远。曾经染成红棕色的头发变成了正常的发色，剪到齐肩的长度；当年因为生活散漫而导致肌理粗糙、气色不佳的皮肤，如今也完全变了样。唯一符合记忆的，就是隔着素色毛衣，仍然可以察觉的丰满胸部而已。眼前这个五官端正、举止稳重的女人应该算是美女。

她的身旁站着一个看起来一岁半左右、眼睛很大、和英治一模一样的男孩。他半个身体躲在母亲的背后，目不转睛地抬头看着站在台阶上的矢田。矢田也回望着死盯着他的小孩子的脸，沉默了片刻，才邀请母子进屋。

“先进来吧。”

钟点帮佣刚好在家，矢田吩咐她准备了茶后，把他们带进客厅，来到茶色沙发前，让他们坐在背对着门的四人沙发上，自己则一如往常地坐在那张背靠可以眺望宽敞庭院的窗户的单人沙发上。小男孩东张西望地看着将近十坪的大客厅里的橱柜和矮柜上各式各样的花瓶、人偶和雕刻，但整个人定定地坐在沙发上，一动也不动。矢田感受到他的家教不错。

“好久不见，对不起，之前都没有来拜访您。突然这样不请自来，相信您会觉得很不舒服，请您原谅。”

麻美用平静的语气说完，微微低下头。

矢田叹了一口气，然后不经意地来回看着这对母子的脸。

“叫什么名字？”矢田随口问道。

“孝治，孝顺父母的孝，英治的治。”

英治的治也是泰治的治。

“孝治吗……”矢田自言自语般小声嘀咕道。

孝治默然不语，一脸好奇地听着他们的对话。

“很像英治小时候。”

“通常儿子都会像妈妈，但他真的很像爸爸。”

麻美用手掩着嘴巴笑了笑。

“今天有什么事吗？”

矢田发现自己内心的慌乱，赶紧用公事化的口吻问道。

“其实……”

麻美低着头，但随即抬头直视矢田的眼睛。

“英治又出事了，所以目前在警局，真的不知道该怎么向您道歉。照理说，我不应该厚着脸皮来找您，但无论如何都必须向您求助，所以才不顾颜面地上门。”

“这件事我已经听说了，我也有朋友会向我通风报信。”

“是吗？”

麻美再度低下头。

“是英治叫你来的吗？”

麻美点头，帮佣刚好端着茶进来，把茶杯放在麻美和矢田面前。于是，他们两个人都不发一语。女佣贴心地把一杯果汁放在孝治面前。

矢田喝了一口茶，问：“今年几岁了？”

"刚好一岁四个月。"

麻美拿起杯子，让孝治双手握着。孝治一脸开心，把小手几乎快抓不住的杯子端到嘴边，然后，杯子一斜，遮住了半张脸，转眼之间就把果汁喝完了。麻美慌忙把空杯子放回桌上，从布质大手提袋里拿出毛巾，帮孝治把下半张脸上的苹果汁擦干。

"啊呀啊呀，他喝的样子真豪爽。"

矢田忍不住笑了起来。

"要不要再来一杯？"

矢田探出身体问孝治，孝治"嗯"地点点头。

"喂，"矢田找来帮佣吩咐说，"再来一杯。"

"不好意思。"麻美向帮佣鞠了一躬。

"没关系，反正还有很多。"

"他从小胃口就很好，喝母奶的量也很惊人，有一段时间长得很壮，简直就像金太郎。"

"是吗？"

矢田的目光始终停留在孝治身上。

孝治一口气喝完第二杯后，突然坐直身体，从对他来说有点高的沙发上跳了下来。准备跳下沙发时，右侧的身体压在沙发的扶手上，身体重心不稳，一屁股坐在地上。麻美立刻伸出手，矢田也“啊”地叫出声音。孝治不慌不忙地站了起来，跌跌撞撞地绕过紫檀木大茶几，走向矢田的方向。矢田抱住张开双手扑向他的孝治，孝治顺从地坐在矢田的怀里。

“噢，他还蛮有分量的。”

孝治乖乖坐在矢田的腿上。已经几十年没有抱小孩了，柔软肥胖的感觉很陌生。但是，当年哄英治和爱实的遥远记忆很自然地苏醒过来，他双手抱着孝治的腰，把他转向麻美的方向问：

“英治还在拘留所吗？”

“律师说，差不多还有三四天就可以出来了。这次的事几乎和英治没有关系，是因为朋友硬要把毒品放在他店里，并不是他直接贩卖。当然，他也没有吸毒，警方也从其他人的供词中了解了实际情况。所以，律师说应该不会在里面关太久。”

“是吗？那太好了。”

矢田感受着腿上的孝治越来越重，终于猜出麻美今天造访自己的用意。

“英治为什么会去协助别人做这么危险的生意？”

麻美看到矢田自然而然地接受了孙子，似乎终于松了一口气，说话的语气也不再那么拘谨。

“他还是无法戒赌，跟着坏朋友去了黑道开的赌场，结果被诈赌，欠了不少钱。他没钱还债，在黑道的威胁下，只能提供店面让他们卖毒品。”

“赌什么？”

“麻将。”

“输了多少钱？”

“总共五百万日元左右，店里的营业额根本不够还债。扣除提供场地的费用，还剩下两百万日元……”

矢田听到金额并不大，内心松了一口气。他原以为还要多一个零。

“所以，现在讨债的找上你了吗？”

麻美点点头，不知道为什么，她对坐在矢田腿上的孝治露出微笑。

“原来是这样，所以英治叫你来找我。他相信只要我看到孙子，应该不忍心拒绝。”

他话刚说完，孝治立刻打了一个喷嚏。矢田吓了一跳，低头看着孝治。今天的天气很冷，孝治身上只穿了一件廉价的薄运动衣。

“他会不会穿得太少了？”

“对不起。来这里的电车上，他流了汗，所以我帮他把上衣脱掉了。”

麻美从手提包里拿出一件也起了毛球的胭脂色毛线外套，起身走到矢田旁的沙发。矢田把孝治抱起来放在身旁的沙发上。麻美手脚利落地帮他穿上毛线外套，抱起他走回对面那张四人座沙发上。从她的动作中不难看出，她心神不宁，很想赶快把儿子抱回身边。

“英治小时候哮喘也很严重，我和我老婆每天晚上都很辛苦。我和我家的亲戚支气管都很弱，我还有一个叔叔因为哮喘很早就死了。”

“是吗？这孩子只要扁桃体一发炎就会发烧。”

“对，对，英治小时候的情况也很严重，所以在读小学之前，把扁桃体和腺样体都切除了。当时还需要全身麻醉，手术后好长一段时间只要一吃东西，喉咙就会痛，英治什么都不吃，害我们紧张得不得了。我和我老婆买了很多布丁和果冻，想骗他吃，但他就是不张嘴。明明肚子很饿，但那个任性的家伙就是咬着牙不吃。两三天后，我觉得不对劲，往病房的架子上一看，发现我朋友送来的香蕉少了几根。那时候香蕉很珍贵，我去医院看他时，也会拿来吃，但无论怎么算，数目还是不对。我问我老婆：‘你吃了香蕉吗？’她回答说：‘没有。’我们才恍然大悟，英治这家伙趁我们回家的时候，一个人偷偷吃香蕉。所以，对人来说，一旦感受到肚子饿了，一点小痛算不了什么。”

麻美说：“我第一次听说这件事。”然后笑了笑。矢田也跟着笑了起来。麻美把孝治抱在腿上，上下玩着他的手哄他。每次甩手，孝治就开心地笑着，抬头看着母亲的脸，皮肤白皙的小下巴上有一条红色的线。

“没问题，”矢田说，“我会准备两百万日元，我相信你说的话，但真的是最后一次了，下次我绝对不再帮忙了，我也要和英治断绝父子关系。我不会问你的感想，他已经无可救药了，根本不可能洗心革面。虽然我是他父亲，但不想和他有更多牵扯。我会拿钱出来，请你把这件事告诉他。”

“对不起。”麻美深深地行了一礼。

“汇到之前那个账户就可以了吧？”

“对。”

“那我明天去汇钱。”

“万分感谢。”

矢田喝完已经冷掉的茶后站了起来。麻美也同时起身，孝治不知道什么时候已经在母亲怀里睡着了。麻美率先走出客厅，矢田靠近孝治沉睡的脸，闻到一股幼儿带着乳臭的特有味道。

“这孩子很乖。”矢田小声说道。

麻美在玄关穿好鞋子后，把孝治穿来的帆布鞋装进事先准备的塑料小袋子，收进手提包后站了起来。在她穿鞋的时候，矢田抱着熟睡的孝治。

“真的很对不起，我相信我老公这次一定会痛改前非，绝对不会再给您添麻烦了，我也会尽力协助他。”

矢田点头不语。

“为了以防万一，你留下家里的地址和电话吧。”矢田突然脱口说道，连他都很意外自己会说这种话，“那里有便条纸。”

鞋柜上有纸和铅笔。麻美半蹲着，用铅笔迅速写着。矢田探头张望着。麻美写下目黑区某个町的地址后，停下笔，写了矢田英治的名字，又写上自己的名字，最后写了孝治的名字。

矢田英治

麻美

孝治

她写的字格外工整，令矢田有点吃惊。看到他们三个人的名字整齐地排在一起，矢田不禁感慨万千，脑海中出现了这样的排列。

矢田泰治

嘉宝丽

英治

麻美

孝治

这是矢田迄今为止从来没有想象过的延续，然后，他又继续无限想象下去。

矢田泰治

嘉宝丽

英治

麻美

孝治

〇〇

〇治

〇〇

〇治

〇〇

〇治

……

“那我告辞了。”

矢田接了过来，向她微微欠身，麻美一只手拉开拉门，走出玄关后，再度向矢田鞠了一躬。

——她应该觉得自己大功告成了吧。

矢田的脑海中闪过这个念头，但在麻美直起身子面对矢田时，这种无情的感慨顿时不知道蒸发到哪里去了。麻美露出难以形容的表情，像是松了一口气，又像是夹杂着疲惫，充满悲哀、失望。矢田强烈地感受到自己必须说些什么，但那应该是即使掰开他的嘴也不可能说出的话。在这个紧要关头，矢田必须赌上一切，也就是必须赌上自己文学人生的一切，忍住。

然而，矢田功败垂成。

“虽然我刚才那么说，但其实如果遇到什么困难，记得告诉我一声。”

麻美咬着嘴唇，然后立刻再度深深鞠了一躬，不发一语地轻轻关上拉门。矢田默默地站在原地，孝治矮小的背影一直烙在他的视网膜上。

4

因为非假日的关系，郊区的小车站内人影稀疏。时序已经过了十一月中旬，空气仍然半温不热的，出门时穿的大衣如今搭在手上。

矢田已经有八年没来这个车站了。

虽然周围的环境小有改变，但站前商店的样子、被位于邻町工厂的大烟囱切成两半的蓝天和笔直的银杏林荫道都一如往昔。唯一明显的不同，就是这个小车站也改成了自动检票口。

矢田缓缓走在满地银杏黄枯叶的大路上。八年前，他也是在这个季节造访。那次刚好下完雨，可以隔着鞋底清晰地感受枯叶的触感。沿着这条路走十分钟，就可以来到N医院的正门。

嘉宝丽就在那里。

这里的职员以前都穿白色上衣，如今改成了便服。除此之外，N医院似乎完全没有改变，只在宽敞中庭的角落增建了一栋崭新的病房大楼。矢田走进嘉宝丽所住的本馆旧病房大楼前，来到那栋新的建筑物旁。正门入口挂了一块大理石的牌子，上面刻着“日本精神科学研究中心”这几个字。看到“日本精神科学”这几个字的奇妙组合，矢田忍不住苦笑起来。这样到处都是疯子、被岁月遗忘的阴森森的医院，职员到底抱着怎样的做学问的态度和热忱，研究“日本精神科学”？

因为嘉宝丽的关系，矢田从年轻时就研读了精神病理领域的书籍，也曾经根据学习的经验，写了一篇类似科幻小说的作品。当时适逢经济高速发展时期，这篇作品引起那些开始自觉各种精神失调情况的现代人极大的兴趣，成为销量数十万册的畅销作品。主人翁当然是以嘉宝丽为范本，在这部小说风靡市场之际，却必须把嘉宝丽送来这家医院。现在回想起来，实在是很讽刺。

嘉宝丽的病房位于本馆的三楼，面会手续和之前一样，在三楼电梯前的柜台拿了面会单，填上姓名、希望面会时间后，在“面会地点（病房·会面室）”栏中圈选“会面室”后，交还给柜台的女职员。职员用红色铅笔在空栏写上⑤，对他说：“矢田先生，请去五号会面室等候，马上就会带过来了。”

矢田离开柜台，走向右侧的长廊，来到中央挑高螺旋阶梯下方的宽敞圆形楼层。从上方俯瞰这栋本馆，这栋建筑物呈凸形，凸出的部分呈弯曲状，正是矢田此刻站的地方。弯曲的凸出部分正中央是阶梯的挑高部分，会面室围绕在周围。总共有七个房间，每个房间都很宽敞。挑高空间的周围放了几组沙发和高脚烟灰缸，以供会面的访客等候之用。此刻却只有矢田一个人。二十多年前第一次造访此地时，整栋建筑物也是空空荡荡的。当时，矢田是喜欢这栋建筑物很有现代感，多少缓和了他抛下妻子的罪恶感。只要病人愿意，也可以直接从会面室去下方的宽敞中庭。螺旋阶梯正是为此目的而设。嘉宝丽住院后的前几年，每次换季时，矢田都会来见她，但从来没有和她走过螺旋阶梯。

来到挂着五号牌子的房间前，矢田推门而入。七坪多的宽敞室内有一整片落地窗，冬天的阳光从窗户洒了进来，把整个房间都照得十分耀眼。典雅而高级的组合皮革沙发放在房间中央，除了老旧的暖气发出低吟，周围的一切都很安静。房间角落有一个挂大衣的衣架，旁边是一个大书架，里面放了许多外文书。每个会面室都像这样放满外文书，那是这家医院的创始人 N 博士——他是日本精神医学的先驱，也得过文化勋章——的庞大收藏。

五分钟后，敲门声响起，门应声打开了。穿着白色上衣的年轻看护牵着嘉宝丽的手走了进来。矢田起身行了一礼，看护和嘉宝丽在对面的沙发上坐了下来。

“谢谢你们的照顾。”矢田说。

看起来才二十岁出头的看护面带微笑地说：“今天的情况很不错，早餐吃了很多。”

他的声音和语气都是这家医院独特的中性感觉。

“是吗？她看起来很不错。”矢田也坐直身体说道。

“对，现在几乎不再发作了。”

“是吗？那太好了。”

“你们要出去吗？如果要出去，我去帮她拿鞋子。”

“不，先在这里……”

“没问题。如果有什么事请按铃，还有离开的时候也麻烦按铃。”

看护说完，站了起来，悄然无声地踩着滑步走出房间。

矢田终于看向睽违八年的妻子。嘉宝丽穿了一件绿色毛衣搭配咖啡色长裤，外面套了一件红色背心。头发已经全白了，剪成短发造型，看起来像是年过七旬的老太婆，其实她比矢田小两岁，才六十一岁而已。原来她已经过了花甲之年，矢田暗自想道。

“好久不见。”矢田说。

嘉宝丽目不转睛地看着矢田的脸。虽然她的目光集中在他脸上，但她的瞳子似乎无法分辨背后大窗户洒入的冬阳和眼前这个上了年纪的男人有什么差别。

“太好了，你看起来很不错。”矢田露出淡淡的微笑。

“今天的天气很温暖，我想出门走走。仔细想一想，发现到了这把年纪，竟然没有想去的地方。年纪越大，想去的地方越来越少。当然，像你一样一年三百六十五天都待在同一个地方也很辛苦。”

嘉宝丽默然不语地看着矢田。

“你有没有缺什么东西？我每个月都请松山帮你张罗。”

这二十年来，松山就像是矢田的助理。他是当年矢田勤于创作时经常投宿的神乐坂小旅馆负责打杂的，再加上他无依无靠，所以在嘉宝丽离开后，矢田就付他少量薪水，请他在闲暇之余照顾自己的生活起居，嘉宝丽的事也完全交给他负责。

“上个星期我去医院，发现大肠有一小块息肉。以前都要住院剖开肚子动手术，现在医学科技发达，听说可以用内视镜前端的剪刀切割下来。明天就要动手术，今天一整天都得吃这种东西。”

矢田从带来的小提包里拿出小纸盒，打开后拿出里面的东西。那是白色类似薄型饼干的东西。

“这个完全没有味道，如今这个时代，光吃这种东西就可以生存。有时候，我觉得最近的人越来越退化了，忍不住想起以前吃地瓜和树皮的时代。目的都一样，都是为了苟延残喘。”

说着，矢田咬了一口饼干。

“你要不要也试试？”他抽出一块递到嘉宝丽面前。

嘉宝丽的表情微微动了一下，看着矢田手上的白色固体。

“快啊。”矢田摇着手腕。

嘉宝丽的右手伸过来抓住饼干。无论精神再怎么荒废，都不会丧失和食欲有关的原始功能。矢田试着刺激嘉宝丽的这个部分。

嘉宝丽把饼干拿到嘴边咬了一口，发出咔嚓咔嚓清脆的声音。矢田看了，也开始吃饼干。

“对吧？是不是完全没味道？”

安静的室内只有两个人发出的咔嚓咔嚓声。

“你也老了。”

矢田把小纸盒放进皮包，再度看着嘉宝丽。

“对了，对了，”矢田突然想起什么似的说，“今天来是有一件事要告诉你。”

他轻咳了一下，继续说道：“我们的孙子出世了，很可爱的男孩，叫孝治，才一岁半左右，我也是最近才知道，所以想来告诉你，反正英治也不会来这里看你。”

这时，矢田发现自己脸颊的肌肉放松了。

“长得和英治一模一样，所以，也和你长得很像。”

嘉宝丽一动也不动，眼睛也不眨一下，默然不语，仿佛摆设的人偶般静静地坐在那里。

“那孩子离开后，我想了很多事。我除了写作以外，几乎很少思考。我想起和你相爱、和你生下孩子到底有什么意义，都是这些微不足道的事。”

说着，矢田陷入沉默，闭上眼睛。当他闭上眼睛，好几种感觉顿时油然而生。其中之一就是温暖的感觉。他的皮肤感受到不同于暖气和户外阳光造成这个房间温暖空气的另一种温暖。同时，也听到隐约的声音。那是眼前坐在对面的嘉宝丽所发出的、带着温暖的呼吸声。

“最近我终于发现，我似乎太注重人生的意义，反而疏忽了人生本身。因为想要祝福人生的意义，完全没有发现人活在世上本身就是一种祝福。我终于再也写不出这种作品了，这让我有点感伤，即使是谎言，如果还可以写出这种东西……”

矢田闭上眼睛，感受着嘉宝丽的气息良久。

“好了。”他低声嘀咕后睁开眼。嘉宝丽仍然纹丝不动地坐在那里。

“我差不多该走了，你多保重。”

矢田缓缓按下连着地上长长的电线，只有头部放在桌上的圆形呼叫铃按钮。

走出户外，吹来很有冬天感觉的冷风，积在地上的枯叶在树木下翩翩起舞。矢田沿着来路折返，从 N 医院正门离开后，往车站的方向走去，发现在车站和医院正中间的地方有一个小公园，刚才来的时候完全没有发现。矢田有点疲惫，走进公园，在自动贩卖机买了一罐热乌龙茶，在没有人的长椅上坐了下来，再度闭上眼睛。风突然变弱，温暖的地面升起的空气笼罩着矢田，令他产生了些许睡意。

小宫的父母兄弟全都在广岛的原子弹爆炸中丧生，这是他成为虔诚基督徒的最大原因。当时，还在读初中的他刚好因为工厂动员出了城，虽然受到影响，却幸运地捡回一条命，但他也因此放弃生儿育女，和他交欢过的无数女人都不曾生下他的孩子。当喜久子怀孕，矢田不知所措去找他商量时，小宫再三叮咛：“千万不可以堕胎。”

他还一脸正色地提出忠告：“你绝对不能忘记可以为人父母多么幸福。”

英治嚷嚷着他快发疯、在房间内满地打滚时，矢田和嘉宝丽一度认真地修复彼此的关系的。一家三口亲密无间地出游，嘉宝丽就是在旅行时企图自杀。那是为了向一接到喜久子的电话，听说爱实的身体状况急速恶化后立刻赶回东京的矢田赌气。英治半夜发现母亲服药后的异状，惊慌失措地向旅馆的人求助。

把英治接到只有一间三坪大房间的公寓同住的翌日早晨，喜久子一早起床，把英治的衣服洗干净，熨烫后帮他穿上，做完早餐后，才叫醒熟睡的矢田。当矢田牵着英治的手回家时，喜久子站在公寓玄关，面带微笑地挥着手，目送他们的背影远去。

矢田有生以来第一次进入女人身体时，嘉宝丽轻叹一声，用力抱着矢田，轻声地呢喃："你不用再害怕，从今以后，我会保护你。"

当年从警察署把英治带回，第一次面对麻美时，麻美一边手足无措地整理乱成一团的房间，一边紧张地说："啊，怎么办？怎么办？我还没有化妆。"端了一杯根本无法喝的滚烫茶水给矢田……

矢田怔怔地陷入恍惚，往日记忆的片段不断涌现，终于连成一条线，渐渐填满自己的意识。

这些记忆温柔地填补了他多年以来所写的那些苍白文字的缝隙，最后覆盖了所有的文字。这些曾经像刀刃般闪着亮光的文字终于浸入宛如果冻状的记忆液体，急速失去光泽。某些字句在无意识中产生了意义，变成了矢田花费大量时间、劳力所学的自古至今海内外的诗人、哲学家和文学家的诗句和思维。有些内容已经完全渗透在脑海中，变成无数或长或短、会自然浮现的话语。

这些从书本上学到又重新跃然纸上的所有文章，将宛如被海浪摧毁而渐渐失去外形、支离破碎的砂之城，回归成一句句没有意义的文字，然后一字一句都会蒸发，远离矢田的意识。最后只剩下没有外形、没有意义、没有重量的某种漂浮柔软液态的东西。

矢田喝了一口乌龙茶，仰望着冬日清澈的蓝天。然后缓缓低下头，注视着被枯叶掩埋的脚下地面。刚才在耳边低吟的风声已经停止，他觉得自己沉浸在彻底的寂静中。

内心深处突然涌现千头万绪。这份难以形容的感情炽热地从内心迸发，这种不符合年纪的激动令矢田感到羞耻，但这份感情无法平息，终于化为一句话清晰地从意识的海洋中浮现。

——感激。太令人感激了。感激、感激、感激、感激……矢田不知不觉地在内心一再重复这个字眼，内心的感情浪潮更加波涛汹涌，震撼了精神的根基，震动也传递到肩膀、后背和双脚。矢田发出言不成语的呻吟，低着头，把身体蜷缩得更紧，承受着这阵近似疼痛的颤抖。

矢田觉得如果自己无法产生这份令身体翻腾的强烈感激，就无法再前进一步，自己已经走到这种无可救药的境地了。这就是自己的终点站吧，这就是和其他人一样平淡无奇的、悲哀的末路。想到这里，热泪从矢田的双眼溢了出来。

矢田呜咽起来，满脸都是无尽的泪水。他再也无法抑制身体的颤抖。这个人生固然不完美，但他没有勇气承认这样的人生糟糕透顶，只能说走过了这一遭而已。即使如此，为了继续走完往后所剩不多的时间，必须认为这种惭愧之念是恩宠的余韵，必须心存感恩，带着全新的心情走完人生路。

六十三岁的矢田泰治似乎终于感受到人生真正的祝福。

花束

1

调到第一产业局金融部的六个月期间，如果撇开参加每周两次的连载策划会议不谈，我和本乡先生几乎没有说过几句像样的话。至于在策划会议上的对话，也只是本乡先生言辞犀利地用三言两语对我的提案嗤之以鼻。当我顾虑到自己是新进人员，委婉地反驳时，他立刻不屑一顾地回答："金融部不值得跑这种鼻屎大的新闻。"

《中央经济新闻》的第一产业局金融部的确算是明星部门，本乡孝太郎在金融部内也是傲视群雄的独家报道记者。但是，在盛冈、横滨分局各待了两年，在第三产业部跑物流业这条线已经三年的我，已不是菜鸟，怎么可能在策划会议上提出被早进公司五年的前辈说成是“鼻屎大”的新闻策划？

不光是开会的时候，本乡孝太郎的目中无人、专横跋扈令整个部门（不，是整个公司）都不敢恭维。金融部的阵容不小，总共有三十五人，分成负责大型都市银行的第一小组、负责地方银行和第二地方银行的第二小组、负责信用金库及其他各种金融机构的第三小组，以及负责寿险、产险等保险部共同合作的第四小组，还有专跑日银、大藏省银行局、理财局、全银协的特别小组。我被调到金融部后最惊讶的是，只有本乡孝太郎一个人完全不受这种职制的约束。他不属于任何一个小组，也完全不受各小组组长，也就是那些比他年长的主编的管理。他可以在任何时候随心所欲地参加任何一个小组的会议，畅所欲言、故弄玄虚地调侃那些主持会议的主编，甚至还不时出入第一产业局的证券部和保险部等其他部门，我行我素，完全不给佐多金融部长面子。

本乡的这种工作态度当然会引起部门内其他成员的反感。

如果他每隔两三个月不写出一则惊天动地的独家报道，

就会立刻被踢去其他部门，而且，即使他写了独家报道，报社内也没有人给予高度的评价，总是酸溜溜地说：“像他这样不用整天来公司，想干吗就干吗，谁都可以写出这种程度的报道。”

本乡孝太郎的确很能干，报社以外的人都认为他是《中央经济新闻》的明星记者，金融业界更是无人不知他的大名。

最了解这一点，而且也最赏识他的莫过于兼任第一产业局局长和编辑局局长、目前在编辑局内最有实力的鹿岛诚三常务董事。鹿岛局长无视各部长与各局长一而再、再而三的投诉，这几年来始终给予本乡先生特殊的待遇。

公司内部都暗地称他们为“鹿岛、本乡表兄弟”，这种叫法带着某种隐喻，在员工之间口口相传。我从支局调回总公司的四年前，这个话题已经呈半公开的状态，本乡先生每次抢到独家头版头条新闻，或是本乡先生每年囊括编辑局长奖、董事长奖时，报社员工就会在经常出入的新桥一带的酒店内，添油加醋、绘声绘色地谈论这件事。因此，在被调到金融部后半年期间，我和其他同事一样，对本乡孝太郎这个人敬而远之。

“平井，你今晚有空吗？”

我刚送出明天早报的二百二十行报道内容，正在喘气时，听到背后的声音，不禁吓了一跳。因为那个独特的沙哑声音的主人正是本乡孝太郎。

本乡先生站在我面前，露出腼腆的笑容。我抬头看着他散布胡楂的粗犷脸庞，不假思索地回答：“有啊。”

本乡先生扶着我身后第二组主编的椅子坐了下来，椅子的主人已经下班了。

“今天你不是向草包提到很玄的事吗？我想听后续的具体内容。”本乡先生说道。

我一时不知道他在说什么。“草包”是指第一组主编安藤幸一，我急忙回想白天和主编的对话。

“大兴银行的事吗？”

本乡先生低头轻轻苦笑着。

昨天晚上，我从在都市银行中敬陪末座的大兴银行资金部部长的口中得知，该行旗下专门负责住宅贷款的非银行金融机构“大兴房屋”有超过一兆日元的延滞债权，经常账户赤字已经突破四百亿日元，所以就向安藤主编报告了这件事。除此以外，应该没有什么值得一提的消息。看到我满脸错愕，本乡先生很受不了地说：“是富岛屋的事，笨蛋。”

这时我才终于想起来。由于安藤对大兴房屋的数字兴致缺缺，我没有继续详细报告，稍微提了一下历史悠久的大百货公司富岛屋内部纷争的内幕。安藤对富岛屋的事也显得意兴阑珊。

“哦。”

“那件事，你是在什么时候听谁说的？”

“那是众所周知的事，但其实和主要往来的光荣银行无关，而是反少东派的富岛清太郎在背地里和第一中央银行联手，打算把少东拉下马。这是我前天从以前在第三产业局时就认识的富岛屋佐伯专务董事那里听说的。佐伯先生因为和少东对立，现在被贬到名古屋当分店长，这次刚好来东京参加分店长会议，说想和我见面，所以就见了一面。但听说只是富岛清太郎的一厢情愿，只要光荣银行当少东的靠山，身为父亲的富岛清太郎即使再怎么努力，也很难再夺回大权了。”

富岛屋是创业于江户时代中期的百货公司，算是老店中的老店。由经营汇兑业务致富的富商富岛清兵卫的后代富岛家族掌权，但现任董事长富岛清一和他的父亲，也就是担任总裁一职的清太郎在经营方针上的对立浮上台面，导致分为董事长派和总裁派内斗持续了两三年。清一的靠山是都市银行中独占鳌头、在该百货公司多元化经营过程中成为主要往来银行的光荣银行；清太郎的靠山则是都市银行中属于中等规模、被光荣银行夺走主要往来银行宝座的第一中央银行。

“你和第一中央银行的坂本很熟吧？”

本乡好像没在认真听我说，摸着胡楂，突然这么问道。我在跑富岛屋线时，目前担任第一中央银行总裁的坂本一是负责物流的副总裁，我多次采访过他。他必须为光荣夺走主要往来银行一事负责，今年年初他升为总裁时令我相当意外，也成为业界讨论的话题，所以印象很深刻。坂本在和大藏省空降的前总裁争夺战中出局，应该被排除在这次总裁遴选名单之外。他只有从旧制的横滨高商毕业的学历，是从基层做起的银行家。

“也不算很熟，只是很谈得来，至少我是这么认为……”

我的话还没说完，本乡先生突然站了起来，我忍不住把身体往后仰。

“你还在发什么呆？走吧。”

我也跟着他站了起来。

“去哪里？”

“那还用问吗？当然是坂本家，笨蛋。”

当时，我完全没有预料到这成为我和本乡先生之间短暂却难以忘怀的交往的起点。

2

《富岛清一董事长遭撤换，决定由总裁清太郎重掌大权》

和本乡先生一起拜访第一中央银行总裁坂本一家五天后，平成五年九月十三日星期一，我写的这篇报道成为《中央经济新闻》早报的头版头条新闻。

在我们这个行业，星期一是发布独家新闻的固定日子，尤其是经济新闻。周六和周日几乎是休战日，对在不引起其他报社注意的情况下追踪独家新闻的记者来说，更是进一步确认消息的绝佳机会。报社在周六、周日的应对较弱，星期一早报容易发生新闻不足的情况。这种时候如果有独家新闻，就可以“赢在起跑点”。

然而当天早晨，我看着成为头条的报道，内心却很复杂。

把稿子送去赶印早报最终版的凌晨两点，之前一直神龙见首不见尾、一整天都不见踪影的本乡先生飘然出现在我的办公桌前，把我拉到编辑局的一个小房间内。

我看着自己写的、应该是记者生涯迄今为止最大的独家报道，郁闷地觉得这一切也许都是本乡先生设计的阴谋。难怪那天早上开始，其他同事就对我特别疏远。我难得报道了一则独家新闻，上午的电视新闻也都在谈论我的报道，佐多部长、安藤主编和其他同事没有一个人鼓励我。大家都显得不以为然，若无其事地各自打电话、出门采访。“草包”也只对我说了一句：“晚报还要做追踪报道，写得扎实一点，不要被别家抢掉风头。”

然后我就在整理部的催促下，在下午之前都默默写着今后富岛屋的动向，对光荣、第一中央银行的疑虑等杂感。

追踪报道的主要内容由我之前工作的、负责物流业的第三产业局的记者撰写，昨天就已经讨论过相关内容了。因为这样的关系，所以我在落笔时，脑袋里一直思考着今天凌晨从本乡先生口中听到的重大消息。

我终于知道，对本乡先生来说，富岛屋的事原本就是不足为奇、鼻屎大的新闻而已，我甚至怀疑，本乡先生的真正目的是假借富岛屋的名义，把我变成他的手下。本乡先生透露给我的那则新闻的确是他无法独立完成的。

这是陷阱吗？昨天中午和第三产业局的人开会时，栗田千寻说了些奇怪的话，让我产生了这种奇怪的想法。

和第三产业局第一物流部的部长，还有几位以前的同事，在尴尬的气氛中开完了会（本乡先生照例没有出席）。回到座位后，栗田千寻特地过来找我。她比我晚进公司五年，今年二十五岁，只是区区菜鸟记者。虽然并不是每家报社都如此，但在中央经济新闻社，刚从大学毕业的女职员不必派驻各个分局已经成了不成文的规定。在同时进公司的男职员都必须承受被派驻到外地分局三四年的不幸遭遇时，只有女记者可以在总公司的中枢部门采访，说起来实在太没道理，但在男性社会中，这种反差别待遇往往大行其道。而且，女性都理所当然地接受这种待遇，毫不介意这种差别。栗田也是典型的这种人。她是第三产业部公认的讨厌鬼，不知道是她自己没有发现，还是明明知道却故意佯装不知。总之，她至今仍然不懂得该怎么和前辈说话，再加上听说她是本乡先生的情妇，更影响了其他人对她的观感。

栗田穿着可以充分衬托纤腰的合身短裙，毫不吝啬地露出一双修长美腿，她身上那套花哨的橘色套装我也是第一次看到。

“平井先生，你好厉害，我对你刮目相看。”她劈头说道。

我注视着她鼻梁高挺、五官端正的脸，想象着邋遢的本乡先生每个星期都会在床上俯瞰这个女人不能自已的样子。

“本乡先生真的很器重你。”

这次的独家报道是和本乡先生合作这件事在整个报社不胫而走，但去坂本家里和他交涉的是我，而且我去了不止一次，直到第三次，坂本才终于吐露实情。当然，从光荣银行那里得到确切证词的是本乡先生。但最令我惊讶的是，本乡在实际采访时几乎很少说话，缩在一旁，一脸睡眼惺忪的表情。

见我没有回答，栗田千寻又说：“本乡先生不是一直没有搭档吗？鹿岛局长一直问他，难道真的找不到合适的搭档吗？听说你是因为这个，今年才会被调去产一的。”

“这个传闻该不会只有你和本乡先生才知道吧？”我语带挖苦地说。

栗田千寻满不在乎地回答说：“是吗？”

然后她又说：“本乡先生经常说，一旦采访到独家新闻，就很难在公司生存。不过，独家报道不是为了公司，而是为了社会公义。平井先生，你以后可能会很辛苦，要加油哟。我会默默支持你，至少不会像刚才第三局那些人一样，用嫉妒的眼光看你。”

说完，她就转身离开了。

独家新闻是为了社会公义——我以为这种话是像她那种菜鸟记者，尤其是女人才会说的迂腐大道理。新闻才不是这么一回事。八十多岁的现任总裁重新担任富岛屋的董事长这种事，怎么称得上是社会公义？当时，我在心里这么想着，苦笑着目送受到独家报道记者的影响、被冠冕堂皇的大道理耍得团团转的栗田千寻远去。

总而言之，当时我完全不了解本乡先生这个人。

3

今年一月，坂本一就任第一中央银行的总裁时，本乡先生就察觉到这家银行有问题。坂本总裁的这项人事案的确颠覆了业界的观察，而且前任总裁是六年前由大藏省银行局局长空降的山本隆司，除了第二次世界大战刚结束时有两任是从银行内部拔擢以外，第一中央银行的总裁职位向来都是大藏省的囊中物。因此，根据业界常识，坂本根本不可能就任总裁一职。第一中央银行虽然在都市银行中属于中等程度，但大藏省怎么可能那么干脆地把已经成为囊中物的空降职位交还给银行手中？

泡沫经济时代，第一中央银行经由非银行金融机构进行巨额不动产融资，对银行本体产生极大影响。当年执行这种毫无章法经营方式的，正是大藏省空降的山本。因此，业界善意地分析，坂本就任总裁一职是因为第一中央银行以大藏省支配的弊害为挡箭牌，在山本引咎辞职后，一举回归独立自主的路线。

“这根本是弥天大谎！”

本乡先生在编辑局旁的小房间内喝着咖啡，愤愤地对我说道。

“大藏省竟然会放弃空降的职位，这是前所未闻的事。如果山本不行，就会派其他人。问题是大藏省为什么没有这么做，居然让坂本老头坐上总裁的位置。”

然后，本乡先生用实际数字向我解释了我闻所未闻的第一中央银行陷入严重经营危机的内情。

“第一中央银行已经由大藏省接手管理了，跟大兴和报德的情况不一样。虽然存款金额号称在都市银行中排名第五，其实是经过多次合并后才逐渐壮大的，经营基础本身非常脆弱。在泡沫经济中，资金像流水般流入子公司的非银行金融机构，目前本金预估损失率已经超过百分之五十。非银行之银行的新央信贷的总资产余额为四兆三千五百亿日元，有一半已经凭空蒸发，烧掉了将近两兆两千亿日元，根本无法继续经营下去。第一中央银行已经不是银行了，虽然目前问题还没有浮上台面，但这家银行必须靠日银每个月补贴八百亿日元的利息才能够苟延残喘，根本已经是脑死状态。”

我难以相信本乡先生的话。

“果真如此的话……”

我不由得这么嘀咕道。

“笨蛋，我怎么会说谎！”

本乡先生气呼呼地咆哮道。

“平井，你知道这代表什么意义吗？”

他的语气立刻缓和下来，训斥般地问我。这个问题还难不倒我。

“打算合并吗？”

“这是唯一的可能。所以，大藏省才会让坂本这种窝囊废当总裁。如果继续空降大藏省的人，第一中央银行的经营情况早晚会曝光，不可避免地必须合并。所以，他们才会打算让一个可以进行远距离操控的机器人坐上总裁的宝座，暗中进行合并作业。而且，本来就是前银行局局长山本闯的祸，对大藏省来说，如果继续大张旗鼓地支配第一中央银行，就会遭到舆论的批评。所以，干脆从银行内部拔擢坂本。一月的时候坂本就任总裁后，我一直在找大藏省到底打算让哪一家银行吞并。其实，合并第一中央银行后能够不破产的银行只有两家，就是光荣和明信。”

“这么说……”

我终于了解本乡先生为什么要追富岛屋这条新闻了。

“没错，富岛屋是光荣和第一中央进行接触的幌子，而且都是大藏省一手策划的。坂本在当副总裁时，因为富岛屋的事和光荣交过手。也就是说，无论是好是坏，他和光荣之间都有交情。所以，就让富岛清太郎再度掌权，制造光荣和第一中央对立的假象，背地里洽谈合并事宜。坂本露骨地在我们面前表现出对光荣的敌视，说什么‘无论如何都要让清太郎重掌大权’，都是为了掩饰和光荣之间的合并事宜。对光荣来说，也不可能主动放弃好不容易成为富岛屋这家历史悠久的百货公司主要往来银行的机会，更何况对手是岌岌可危的第一中央。照理说，即使为了面子，也不可能退让。但如果已经谈妥要吞并第一中央，就不需要太在意了。光荣的失利只是为了欺骗世人的假动作。我认为，这两家银行有百分之九十九的可能会合并。”

我屏气凝神地听着本乡先生的分析。如果可以抢到都市银行中排名第一和第五的银行合并的新闻，那必将成为经济报的世纪大独家。但本乡先生接下来的话和我的感慨完全相反。

“我不能坐视这起合并案的发生。泡沫经济让所有日本人都发了疯，不值一文的土地担保评价率（Assessment rate of collateral）以一百、两百的倍数飙涨，扼杀了真正的经济成长，使市场上资金浮滥，一旦需要为此买单时，就强迫银行合并。为此不惜开除拼命摸索新经营方式的新一代经营者，让八十五岁垂垂老矣的老头回锅当董事长。为达目的，不择手段。我无法原谅大藏省的这种手法，到底要如何追究他们的责任？他们把这个国家的经济搞成这副德行，仍然高高在上地指导这个国家，难道不需要受到任何惩罚吗？开口闭口就是不能引起信用不安，不能让任何一家银行倒闭。为此对证券市场实施管理机制，提升汇率，不顾厂商的死活。我们难道要对大藏省的这种做法袖手旁观吗？”

本乡先生接着说："我要破坏这场合并，这是振兴日本经济的快捷方式。如果每个日本国民正视第一中央银行的崩溃，不反省大炒土地和股票的行为，这个国家的经济永远都不可能起死回生。"

我茫然地听着他侃侃而谈，耳边响起栗田千寻昨天那句"为了社会公义的独家报道"的话。

然后，我回想起本乡神话中的几则故事：本乡大学毕业时，经济系的指导教授曾经哭着恳求他留在大学内；他在学生时代写的论文被翻译成多国语言，至今仍然是大学的教材（有关经济循环的内容）；中央经济新闻社发行的畅销书《日本经济分析专题讲座》的执笔工作是本乡先生进公司后的第一份工作，他也因为这份功劳成为创业以来第一位限定在总公司上班的员工……

之前召开策划会议时，每当同事提出各种策划时，我都很注意倾听本乡先生不时发表的意见和信息。

虽然他每次都用"听说""有人说""据说事实好像是这样"之类的方式提出意见，但久而久之，我发现他都是从现任的企业经营高层或是政府机关的高层口中直接听说的。

我终于明白，栗田千寻说得没错，是本乡先生把我从第三产业局挖过来的。富岛屋那件事也一样，虽然他假装听到我提这件事才注意到这则新闻，其实他早就锁定了，才会找对百货公司线很熟悉的我合作。一定是这样。我有点不悦地陷入了沉思。

4

本乡先生之后吩咐我做的工作实在是枯燥无味，无聊到极点。

“我们只有两个人，能够做的事相当有限。”

在我报道独家新闻的当天晚上，本乡先生带我去他熟悉的银座酒店，说是要“预先庆祝”，开了一瓶轩尼诗酒。

“我们要用最有效率的方式采访。在报道之前，绝对不能向任何人提起这件事，我也没有告诉鹿岛局长，只说要借用你两个月。所以，你绝对不能透露半点风声，就连老婆也不能说。”

他再三重复叮咛。我也再三纠正他说：“我还是单身。”

本乡先生醉醺醺地说：“是吗？平井，绝对不要结婚，一旦结了婚，原本可以改善的国家也会完蛋。”

我很意外，本乡先生的酒量竟然这么差。

“如果成功，两个月内就会有结果。如果两个月还抓不到他们的狐狸尾巴，就当作没这回事。合并需要一气呵成，大藏省也不想夜长梦多。蓝图已经完成八成，分行的整合与废除、在线软件的组合与更新计划也都已经完成了。我们不需要这方面的信息，只要确认一件事：是否真的要合并。我们两个人调查两个月就足够了。”

喝了一个小时，本乡先生的舌头就开始打结。我只能无奈地点头如捣蒜，本乡先生命令我这个月从早到晚盯梢第一中央银行的策划部长杉山博人。

“杉山早晨离开家门到回家、关上房间的灯之前，你都要彻底跟踪。要亲眼确认他在哪里、和谁见面。如果合并案有进展，他一定会和大藏省、日银还有光荣的人接触。地点不是在饭店就是在大藏省的办公室，或是乡下的廉价旅馆，我也不知道具体会在哪里。但最后关头一定会见面，你必须彻底确认。”

我对这种类似侦探的工作是否真能掌握合并的确切证据存疑。

“但我根本不认识大藏省的人或是光荣的人，还不如由你去问第一中央或是光荣的高层。”

本乡先生靠在沙发上，几乎快睡着了，突然坐起来瞪着我：“平井，关于合并的事，第一中央和光荣知道这件事的只有……”

他太大声了，我忍不住四下张望，提醒本乡先生：“请你小声点，不是要保守秘密吗？”但本乡先生已经睡着了，竖起五根手指的那只手仍然伸在那里。

最后，我只能看着在一旁呼呼大睡的本乡先生，把半瓶轩尼诗倒进胃里。我发现本乡先生睡觉的表情很孩子气。邋遢的胡楂、鬈曲的头发、皱巴巴的西装看起来和潇洒沾不上边，但去除这些因素后仔细观察，发现本乡先生其实很有男人味。

酒店的妈妈桑不时在熟睡的本乡先生耳边小声说：“本乡、本乡，赶快起来，不然和你一起来的年轻记者很伤脑筋。”但本乡先生每次都像赶苍蝇似的挥挥手，妈妈桑只能露出苦笑。

“他每次都是这样，不好意思，让他再睡一下，等一下再送他回家吧。看他这副样子，应该最近都没有回加奈子那里。”

年近五十、浓妆艳抹的妈妈桑对我说道。听到妈妈桑提到加奈子的名字，我吓了一跳。加奈子是本乡先生的太太，听说结婚前是银座的酒店公关。

“妈妈桑，你认识本乡先生的太太吗？”

“当然认识，她以前是本店的红牌小姐，竟然被他拐走了。”

妈妈桑这么说着，用手指戳着沉睡的本乡先生的额头。

“但是，本乡先生的太太之前是我们公司常务董事的情妇，不是吗？”我问。

妈妈桑一脸错愕地回望着我。

“哎哟，你说话很直言不讳嘛。”

“因为公司的人都这么说。本乡先生为了巴结常务董事，所以娶了他的女人。”

我也醉得差不多了，不想再拐弯抹角地说话。

妈妈桑叹了一口气，轻声嘀咕说：“是啊……”然后又说，“本乡虽然在工作上很有能力，但在这方面就有待加强了。”她竖起了小拇指。

“该怎么说呢，当时是加奈子很投入，而且本乡在结婚之前完全不知道这件事，事后才听公司的人提起。从此之后，他和加奈子之间的关系就出了问题。”

我没有搭腔，轻轻笑了笑。

“你叫平井吧？你知道本乡是哪里人吗？”

她突然问了这个奇怪的问题，我愣了一下。

“不知道，应该是东京吧，听他说话，完全是东京腔。”

“其实并不是。”

妈妈桑用严肃的眼神看着我，浓妆下仍然可以看到她眼睛周围的皱纹。

“本乡是地道的关西人，在河内出生、长大。读大学时来到东京，所以刚进公司来我们店时，说话一口大阪腔。我也是关西人，和他很谈得来。唉，这已经是多年前的往事了。”

这番话让我很惊讶。

“后来，本乡花了很大的力气改成了东京腔，因为关西腔在采访企业时很吃亏。他这个人，凡事一旦下了决心，就会做得很彻底。现在完全不说关西话了，在他眼中，工作永远放在第一位，但他这个人不够机灵，所以在公司里，除了鹿岛先生以外，他并不受公司高层的赏识。他这么卖力工作，真的很不值得，不过，这也是本乡的优点。他已经好几年没有带年轻人来这里了，想必他觉得和你可以合作愉快吧。所以，我知道你会很辛苦，本乡的事就拜托你了。因为我觉得你比他做事更牢靠。”

妈妈桑说完，起身离开了。

当我搀扶着已经醉得不省人事的本乡先生离开银座酒店时，已经十二点多了。

我犹豫了一下，不知道该不该送他回自己家里，但我总不能把他送到栗田千寻家里。所以，把本乡先生像尸体般的身体塞进出租车后，向司机报出本乡先生位于世田谷的地址。因为我借着酒兴，突然想一睹曾经是鹿岛常董的情妇、似乎也成为本乡先生头痛原因的加奈子的风采。

5

本乡先生住的欧式公寓很不起眼，和我月租十万日元的公寓半斤八两。当出租车来到欧式公寓玄关时，本乡先生似乎终于清醒了一些。

“本乡先生，到家了。”

听到我的声音，他发出“嗯”的呻吟后睁开眼睛。

“喂，平井，这里是哪里？”

“是你家啊。你记事本上写了这个地址，难道不是这里吗？”

“啊。”本乡先生发出哀怨声，在我的催促下，无奈地走下出租车。下车的时候，我似乎听到他嘀咕了一句："唉，算了。"

他家在二楼，我扶着步履蹒跚的本乡先生按了门铃。手表上的时针已经指向凌晨一点。不一会儿，传来门锁打开的声音。

一个未施脂粉的大眼年轻女子探出头来。我目不转睛地打量着她，原来这就是鹿岛常董的前任情妇。门一打开，本乡先生就闭上眼睛，把身体靠在我身上发出呻吟，醉意好像突然又浓了几分。

"我是平井，对不起，这么晚上门打扰。"

我扶着突然虚脱的本乡先生走进玄关。加奈子太太小声地说："给你添麻烦了。对不起，我老公经常这样。"

她说话的声音很轻柔，举止很无助，和我原本想象的差很多。仔细一看，才发现她容貌出众，五官和栗田千寻有点神似。

本乡先生有点气呼呼地脱下鞋子，突然大声说："我要去睡觉了！"然后，背对着我咆哮，"平井，你明天一大早就直接去杉山的家里，别忘了带手机。每隔三个小时打电话向我报告。一旦有动静，立刻和我联络！"

说完，就走进了房间。站在玄关往里看，发现他家很小。

走廊前方传来用力关门的声音。

加奈子太太不知所措地看着我。

“真的很对不起，我帮你叫回程的出租车。”

我挥了挥手拒绝了。她沉默片刻，一副欲言又止的样子。

“呃……”她开了口，“他已经一个星期没回家了。平井先生，你知道他睡在哪里吗？他有换洗衣服吗？”

我看着眼前这个应该比我年轻、用不安的眼神看着我的妙龄女子，深深地觉得自己不应该厚着脸皮来这种地方。偷窥别人的家庭罪该万死。

我突然想起久美子的事。久美子除了和我见面的日子，也在这么小的家里等待晚归的丈夫，消耗每天的日子吗？想到这里，似乎能够体会她为什么要瞒着丈夫和我见面了。她的年纪应该也和眼前的加奈子差不多。

我说：“他一直住在公司，公司地下室的商店有卖内衣裤。我们正在追一条大新闻，连续好几天都在深夜去追踪。我再三劝前辈记得打电话回家，但前辈很害羞，说记者怎么会做这种事。是我的错，我不够细心。”

加奈子的眼神显然完全不相信我的话，但我还是觉得说了总比没说好。

之后的两个星期，我全天候盯梢第一中央银行的董事兼策划部部长杉山博人。都市银行的策划部部长是银行业务中枢精英中的精英，实质掌握银行经营计划的制订、经费管理、资产和负债管理，以及组织改革等主要业务，主持公司内部各级会议。而且，这位策划部部长也掌管着由董事参加的最高经营会议的事务局。

因此，他简直就是银行的主机。能够占据这个职位的当然就是高层心腹中的心腹。如果第一中央和光荣要上演一出合并剧，如本乡先生说的，他绝对是两家银行掌握这个秘密的五名成员之一。而且，光荣吸收第一中央，杉山显然会站在谈判的第一线，才能在具体的合并条件上维护自家银行的权益。

跟踪的第三天，我就吃不消了。

杉山在总公司的时候，我当然束手无策，如果他外出，我也可能因为堵车跟丢了。我原先这么预料，所以以为应该很轻松。没想到实际跟踪后，发现杉山频繁外出。除了经常去各分行以外，还不时出入计算机中心、前往公家机关，连饭店内举行的各种派对也不缺席。看着这个四十九岁的男人每天忙得不可开交，而且连周六、周日都要加班，不得不对日本上班族的卖命工作精神肃然起敬。

最惨的就是他每天的生活从一大清早就开始了。杉山每天清晨七点离开位于调布的家，凌晨两三点才回家。招待客人后，他不会直接回家，总是先回公司一趟。

他每天的平均睡眠时间只有三四个小时。

他这么搏命工作，鞠躬尽瘁，牺牲了家庭和私生活，完全为公司奉献，不知道如何面对自己的公司已经面临破产危机的现实？如果按本乡先生所推理的，第一中央遭到光荣吞并，等于断送了他的未来。在企业社会中，遭到吞并的公司员工，尤其是像杉山这种旧体制精英，茫茫前途可想而知。

我在跟踪杉山的同时，似乎稍微了解了本乡先生的想法。到底是谁把这么无私的企业战士的能量引导至错误的方向，破坏了这个国家的经济？难道不正是来自大藏省的前任总裁？还有煽动泡沫经济，为了增加税收，让股票市场也陷入疯狂的大藏省本身吗？

日本的官僚美其名曰稳定和延续国家秩序，建立了不负责任体制。一旦发生丑闻，就声称是政治家不了解状况或是把责任推给企业，完全不想改变本身的自我保护体制。更令人遗憾的是，这个国家并没有任何机构可以追究他们的责任。

我按照本乡先生的吩咐，每隔三个小时就和他联络。他几乎没有一次在公司，我完全猜不到他在干什么。手机另一端时而充满酒店的喧闹，时而可以听到有人静静的呼吸声，还曾经突然传来柏青哥店高分贝的演歌歌声。

6

从我开始盯梢的第十八天开始，杉山不再回家。

那天傍晚，我在车阵中跟丢了他的车子，无奈之下，从晚上九点左右就在他家门前等他，但一直等到天亮，都没有看到他的黑色皇冠车回家。我急忙打电话给本乡先生。

本乡先生完全用好梦被人吵醒的不悦声音问："今天是星期几？"

"星期六。"

听到我的回答，本乡先生一派轻松地说，他可能从公司直接去打高尔夫球了吧。他叫我今天一整天都守在那里，说完就想挂电话。

我在车上熬了一夜，实在疲惫不堪，忍不住开始发牢骚。

“开什么玩笑！我昨晚到现在都没有合眼。已经连续盯梢将近二十天了，做这种事到底有什么意义？如果和重要的谈判对象见面，一定会去总行或是饭店，有太多我看不到的地方。这种半吊子的跟踪根本于事无补，我已经受够了。”

好一阵子，电话那头没有反应。

“但是，如果完全无法掌握周六和周日的行踪，之前的努力就化为泡影了……”本乡先生喃喃地说，“好吧，我现在就过去。你今天和明天好好休息，但要等我到了之后再离开。”

他不等我回答就挂了电话。

那天晚上，我难得睡了一个好觉。天一亮的星期天早晨，很自然地六点就醒了。窗外是秋高气爽的好天气，打开狭小房间的窗户，凉爽的风迎面吹来。本乡先生一直守在那里吗？想到这里，就有一种奇妙的感觉，好像硬把自己的工作塞给了他。

上午洗完衣服，整理完房间后，就无事可做了。自从开始跟踪杉山后，我得以免除日常的采访工作，这半个多月来，我很少去公司。独自待着时，就会感到不安，自己好像失去了归属感，宛如锚链已经松掉的漂流船，整个人仿佛被晴朗的秋天吸了进去。

到了下午，我终于坐立难安，最后前往杉山家所在的调布。

走到杉山家门前，我寻找本乡先生搭乘的黑头出租车，却不见踪影。我在四周晃来晃去，心想他可能去吃饭了，结果发现在一百米外的坡道上停了一辆红色房车的车头灯在闪烁。我定睛一看，终于看到坐在副驾驶座上的正是本乡先生。

本乡先生吃着汉堡，有点不好意思地叫我上了车。栗田千寻坐在驾驶座上。

“怎么了？可以休息的时候不好好休息，身体会撑不住。”他言不由衷地说。

栗田千寻一如往常，用狂妄的语气说：“平井先生，你真是劳碌命，难得休假，竟然还跑来这种地方，可见你生活有多空虚。”

本乡先生抢过千寻正在喝的可乐一饮而尽。

“我看杉山可能搬去饭店了。”他说。

他似乎并不在意我看到他和栗田千寻在一起。

他叫我不能向任何人透露采访内容，自己却口无遮拦地向情妇和盘托出。我一边这么想，一边问："为什么？"

"刚才有一个年轻男子上门，向他太太拿了一包东西走了。看他点头哈腰的样子，应该是杉山的下属。他可能按照大藏省官员的指示搬离家里，他们可能察觉到你在跟踪了。"

我被他说得莫名其妙。

"平井先生，你可能不适合当侦探。"

千寻插嘴调侃，我更加生气。

"那就没办法了。"

"不，没这回事。明天你还是像以前一样，不经意地在总行门口堵他。我相信他应该不至于每天都换饭店，所以早晚可以查到他住在哪一家饭店。"

本乡先生把空纸杯压扁，一鼓作气地说："今天就解散吧。"然后又说，"千寻，走吧。"

"啊？没关系吗？"

本乡先生点点头，然后回头对坐在车后座上的我说："只要确认杉山不住在家里，就代表八成已经在进行合并谈判。平井，再加把劲。"

他们送我到京王线的调布车站前，我就直接回家了。虽然本乡先生说："我和千寻要去打牙祭，平井，你要不要一起去？”但我还是拒绝了他的邀请。

“平井先生，明天好好加油哟。”

千寻临走时，还丢下这么一句惹人讨厌的话。我目送着那辆红色车子离去，没来由地想起只见过一次的本乡加奈子的脸。

翌日傍晚，我就查到了杉山投宿的饭店。不知道是否刻意避开第一中央银行总行所在的日比谷一地，他选择新宿一家去年新开张的饭店。我向本乡先生报告这件事后，他第一次用兴奋的声音说：“是吗？好，那今天的任务完成了。明天上午九点，我们约在饭店大厅见面。”

然后又说：“平井，辛苦了，跟踪计划到今天为止。”

他毫无预警地宣布我不必再跟踪了。我完全搞不懂为什么查到杉山住的饭店就不再跟踪了。

我去吃了饭，回到公寓时差不多晚上八点。一打开门，发现久美子在家。

“你怎么来了？”

我问她，正在看晚报的久美子抬起头说：“他今天又去出差了。”

我和久美子三年前已经分手了，半年前，她又打电话给我。她和我分手后立刻结了婚。我在刚踏入社会时认识她，她是我大学同学女朋友的朋友，很自然就认识了。加上我在外地分局工作的那四年，我们总共交往了六年，但在分局工作时，一个月也见不了一次面。

分手时，她对我说："因为你让我等太久了。"当时，她已经另结新欢。在我回总公司的一年期间，她都脚踏两条船。当我得知这件事，甩了她一个耳光时，她这么说道。这也是很稀松平常的剧情。

她的丈夫就是她当时劈腿的对象。

半年前，久美子突然打电话给我说："我想见你。"我问："为什么？"她回答说："最近我有时候会想起你，但你的脸很模糊，让我心浮气躁，晚上睡不着。"我觉得这根本不是理由，但还是在隔周的星期二（我记得星期二那天是我补假的日子）下午和她见了面。吃完饭，我们去以前常去的公园聊天。

久美子不停地说，她很怀念我在盛冈分局时一起走过的盛冈街道，北上川很清澈，是一条很漂亮的河。

那天晚上，久美子睡在我家。我问她有没有关系，她回答说："他去出差了。"她的丈夫在中坚商社工作，经常要出差。

久美子来到我家后，环顾暌违三年的房间，不停地说：

“和我以前来的时候完全一样，真令人怀念。”当我把她搂在怀里时，她缩成一团，小声地问：“我们为什么会分手？”我很想回答说“是你离开我”，但还是把到嘴边的话吞了回去。

原本以为只是一夜情，没想到这段关系持续了半年。一开始每个月一次，逐渐变成两次，如今每个星期都会见面。上个星期，她更说了一句让人紧张的话。

“我老公好像已经察觉我们的事。”

我问：“他应该不认识我吧。”

“他知道你是我以前的男朋友。”

“为什么？”

“因为结婚前，他要我向他坦白。他的嫉妒心很强，把相簿里所有我和你一起拍的照片都烧掉了。”

听到这番话，我简直呆住了。

最近，每次见到她，就觉得应该在陷入进退维谷的窘境前赶快解决，但老实说，每周一次的定期做爱对我身心大有帮助，虽然隐约察觉到久美子似乎越来越认真，但还是无法向她提出分手。

7

我们约九点见面，但本乡先生迟到一个小时才出现在大厅。我一看到他，忍不住惊叫：“你怎么了？”

本乡先生的颧骨附近到下巴有两条很明显的红肿抓痕。

“没事。要出门的时候和她吵架了。”

“她”指的应该是栗田千寻。

“没关系吗？伤口看起来很深。”

“不必担心，她用指甲抓的而已。”

本乡先生说了声“快走吧”，大步走向电梯厅的方向。我慌忙跟了上去。

我们走进位于二楼的饭店业务部。本乡先生一报上姓名，一个看起来腰圆臂壮的人大声说：“我们等候您多时了！”起身走了过来。

我们跟着他来到总经理室，见到了挺胸凸肚的饭店总经理。

“饭山总裁已经有吩咐，但这是特殊情况，请务必保密。”

本乡先生用右手摸着脸颊上的伤，趾高气扬地点点头。

“我们绝对不会给饭店方面添麻烦。”

这两个人到底在谈什么？我完全无从得知，只知道他刚才提到的饭山总裁应该是明信银行的饭山正美。

三十分钟后，我就得知了一切，也知道为什么本乡先生昨晚叫我不必再跟踪了……

数小时后，负责的客房经理仓田先生教了我身为饭店员工招呼客人的基本方法、这家大饭店的各种主要设备所在地和服务生的要领。然后，我穿上门童的制服，像稻草人一样站在饭店大厅门口。

米色制服配金色扣子的立领，黑色长裤两侧镶着白线条，再戴上黑色帽子。之后的半个多月，我必须伪装成年轻饭店员工在这家饭店上班。

“虽说是采访，但真的要做得这么夸张吗？”

本乡先生看到我的样子忍不住笑了起来，我立刻问道。

“那当然，这才是真正的采访。杉山用大河内的假名字住在十六楼的套房，你刚才接受特别辅导时，我已经确认了他的照片。从现在开始，客房服务、洗衣、铺床等杉山房间所有的服务都由你负责。只要柜台接到联络，你要火速赶去服务，记住在他房间内发现的任何数据和出现在他房间里的人的长相。如果他们刚好在说话，就伸长耳朵听，他们一定会谈这件事，只要你注意，一定可以听到。”

本乡先生说完就离开了。看着他的背影，我忍不住在心里骂道：既然这样，为什么不干脆在他房间里装窃听器？

当天晚上，我就察觉杉山的房间气氛诡异。当我拿着薄荷巧克力，去他的房间铺床时，一名年轻男子把门打开一条缝，对我挥挥手说“不需要”；送咖啡去的时候，他也在门口接过推车，不让我走进房间。那一刻，我在整个采访过程中第一次感到紧张，我终于深信，本乡先生的猜测应该八九不离十。

第九天的晚上八点，我看到第一中央银行总裁坂本一走进玄关。我慌忙躲了起来，在柜台后方打电话给本乡先生。

“坂本来了，该怎么办？他正在等电梯。我会跟着他，看他是不是去了杉山的房间。”

本乡先生一开始有点意兴阑珊，感觉他似乎身心俱疲、心不在焉。过了一会儿，他才突然说：“笨蛋！坂本还会去其他地方吗？你不要离开玄关，一定还有出乎意料的人会出现。光荣的酒田，还有大藏省的内田可能也会露脸。果真如此的话，代表合并的交涉今天进入高层会谈了。总之，要特别留神，如果内田出现，就要跟踪他，确认他走进了那个房间。”

听到本乡先生说，大藏省银行局局长内田昭夫可能出现，我的身体就忍不住颤抖起来，拿着电话的手发麻，电话差一点滑落。

“终于进入最后阶段了。”本乡先生在电话的另一端笑道。我似乎可以看到本乡先生脸颊微微抽搐的笑容。

十月十二日星期二，晚上十点二十三分，内田局长带着两名下属，带着略微紧张的表情，从我站着的饭店正门玄关走了进来。

这就是所谓的自投罗网。我目送着这三个人从我面前经过，不禁在心里想道。然后，我大大方方地和他们搭同一座电梯，一起在十六楼走出电梯，亲眼看到他们走进1630号房。

第一中央银行和光荣银行合并

《中央经济新闻》头版头条的反白大标题在我的视网膜上和他们三个人的身影重叠在一起。

这将成为战后金融史上最大的独家报道。

我急忙来到大厅，拨电话给本乡先生的手机。

然而，无论我怎么打，电话都无法接通。我开始不安起来，试了好几次，都没有应答的声音，过了好一会儿才终于接通。

“您拨的电话目前收不到信号或没有开机，所以无法接通。”

到底是怎么一回事？就在我不知所措时，柜台有人叫我：“平井先生，有你的电话。”

我慌忙冲到柜台，这时我才终于发现自己在大厅的众目睽睽之下拿着手机拨电话。

是本乡先生打来的。

“发生什么事了？刚才内田进房间了，我一直在拨打你的电话，你是不是关机了？”

“平井，不好意思，你马上过来一下。”本乡先生语带不悦地说。

“啊？”

“火速赶来，是紧急事件，你没时间换衣服了，就穿身上的衣服直接坐车过来。”

“怎么回事？”

然而，本乡先生没有多说。

“总之，你过来就是了。来这里就知道了。”

他唐突地挂了电话。

放下电话，我才发现自己忘了问他“这里”是哪里。应该是栗田千寻家。我完全猜不到到底是什么事，但本乡先生异常压抑的声音很不寻常。我急忙在大门口拦了一辆出租车，直奔栗田千寻位于代官山的公寓。

8

山手通[1]上严重堵车，我将近中午十二点才到栗田千寻位于代官山的公寓。虽然确认了内田局长走进饭店，却无法确认之后应该会出现的光荣银行总裁酒田良介，令我感到十分懊恼。本乡先生竟然在关键时刻做这种泄气的事。但反过来说，可以不顾采访的重要关头，把我找来的紧急情况应该非同小可。我有一种蜡烛两头烧的感觉，在缓慢移动的出租车上焦躁不已。

栗田千寻住的公寓有十多层楼，外表十分壮观。

每个楼层似乎都有很多户，走廊上有好几座电梯，我在分设于好几处的信箱上一一确认名字，终于知道她住在

1 东京都道 317 号环状六号线，是东京品川区到板桥区的一条主要地方道。

603室。

按了门铃，门立刻就打开了。本乡先生探出头，把我从门缝里拉了进去。

“平井，真不好意思。”本乡先生站在玄关处说。

我发现他身上的白衬衫袖子和胸前都被染成了红色。

“这是血吗？”

本乡先生重重地叹了一口气。

“她在里面的房间睡觉，我现在要去光荣的濑川那里，天亮前会回来。在我回来之前，麻烦你陪着她。”

“发生什么事了？”

虽然从他血染的衬衫上已经可以猜到几分，但我还是问道。

本乡先生开始脱衬衫。看到我出现，他似乎想赶快离开是非之地。

“一言难尽。你第一次打电话来后，我换衣服准备去你那里，她就开始大闹，把我的手机摔在地上摔坏了，还把家里的东西乱丢，简直让人束手无策。”

“这些血呢？”

“她突然躲回房间，一下子安静下来，我撬开门，结果就看到她这样。”

本乡先生的右手食指和中指划着左手的手腕。

“她用的是美工刀，伤口不是很深。打电话给你之前，我带她去了医院。现在吃了医生给她的安眠药睡在客厅的沙发上，应该不会继续闹了。不好意思，今天晚上请你陪着她。”

本乡先生又说了声：“那我要去换衣服了。”

走进玄关旁敞开门的小房间，我从背后抓住他的手臂说：“等一下。”

本乡先生用讶异的眼神看着我。

“我不知道你们发生了什么事，但怎么会有这种事？为什么连这种事都要我做？”

本乡先生露出难以置信的表情，看到他呆然的表情，我更加怒不可遏。

“我不知道她为什么割腕自杀，但这是你的私人问题，我是外人，不想卷入你们的私事。既然你这么担心，那就自己留下来陪她好了。你可以明天再去濑川那里。我有自己的事要做，我先走了。”

在我说这番话时，本乡先生的脸奇妙地扭曲着。我第一次看到人的脸上出现这种似哭似笑的表情。

“你……”他语不成声，最后才挤出一句，“你不是我的朋友吗？”

我看着本乡先生的眼睛。这一个半月来，我们不是一起跑这条独家新闻吗？然后终于掌握了合并的确切证据，现在是决战时刻，必须乘胜追击。为什么你连这点忙都不愿意帮？什么是我私人的问题？什么叫你是外人？你太见外了！——本乡先生的眼神似乎如此对我诉说着。

老实说，我根本无法理解他的想法，脱口问出这句话：“为什么非今晚去找濑川不可？”

本乡先生用痛苦的眼神看着我。

“我已经通知濑川今晚的事。他也反对这场合并，据我打听到的消息，他很担心一旦接收第一中央，将对光荣的根基造成影响，所以表示强烈反对。他无意接受这项合并案，刚好让我们有可乘之机。”

濑川泰造是光荣银行的副总裁，被认为是酒田总裁的接班人。

“总之，我要赶在今晚见他。坂本、酒田和内田三个人应该还在谈，试图在天亮之前促成这桩合并。这是大藏省的意志。只要我去找濑川，他一定会大吃一惊，在我离开后打电话到饭店。明天一早，内田就会打电话到报社，要求压下这篇报道。绝对不会错。这等于证实确有其事。我们就可以在后天的早报刊登这篇报道。平井，这篇报道由你来写。我去了濑川家后，还要去鹿岛局长那里，要求他即使受到大藏省再大的压力也绝对不能退缩。”

本乡先生镇定自若地说道，然后双手抓着我的肩膀，一双大眼看着我。

“平井，这么一来，我们赢定了！”

我有一种错觉，仿佛被他眼中异样的光芒吸了进去。他的眼中完全看不到不久前才割腕的女人的身影。

我顿时恍然大悟。他的这番教诲是我迄今为止都无法抓到，却是从出生的那一刻就在寻找的。

“好吧。”

我点头答应。

“你过来一下。”

在本乡先生的催促下，我也一起走进玄关旁的小房间。这时，从里面传来微弱的呼唤。

“阿孝，阿孝。”

栗田千寻的声音气若游丝，仿佛随时会消失，和平时的她判若两人，让人绝对不想再听到。

然而，本乡先生毫不在意地在我面前脱下血染的衬衫，换上新衬衫。狭小的衣柜里有好几套衬衫、领带和西装，都是崭新的。

本乡先生一边系领带，一边说："平井，我的皮包在那张桌上，里面有一本撕掉封面的册子，你把它抽出来。"

我翻着他的皮包，发现一本有很多折痕、已经很旧的小册子。前面的十几页都随意地撕掉了，实在是很奇妙的数据。

一开头就印上了"B 案"的名字，翻了几页，发现有好几个条文式的项目，并罗列了庞大的数字。"资本比例""店铺网的调整"和"偿还债务额"等项目首先映入了眼帘。

"这是什么？"我问。

"你今晚好好看一下，记在脑袋里，光荣和第一中央的合并就按照这个剧本进行。你只要按这份数据写就可以搞定。"

"这是大藏省的机密资料吧？你是从哪里拿来的？"

本乡先生露出无敌的笑容，似乎很得意。

"光是为了找这份资料，就花了我一个月。这是一年前，以银行局的银行课长为主所策划的剧本。正如你看到的，B 案是以第一中央和光荣合并为前提，A 案是自主重建，C 案和 D 案是和明信，还有光荣以外银行的合并案，E 案是银行团的分割案。我只拿到 B 案，或许多少有些变化，但大致流程应该差不多。”

“你到底从哪里得到的这些机密数据？”

本乡先生穿好上衣，抓着皮包走出房间。

他在玄关匆匆穿上鞋子，回头说：“即使是你，我也不能说。”

他奸笑了一下，又说：“我很想这么说啦。其实是山口一郎。那我去去就回，伙伴。”

说完，本乡先生就走了。

我听到山口一郎这个意外的名字，觉得似乎偷窥到本乡先生深不可测的采访来源。今年六月由执政党和在野党共组联合政府之前，山口一郎是执政党保守党的大佬，也是掌握大藏省的前大藏大臣。

9

“是他叫你来的吗？好过分。”

千寻手腕上包着白色绷带，一脸憔悴地躺在沙发上。我在厨房的昏暗灯光下，坐在一旁的椅子上看着她，她不知道什么时候醒了，突然开口对我说。

“那也是没办法的事，”我说，“他在忙大新闻——你知道的。”

千寻看着天花板，想挤出笑容，但脸颊的肌肉只是抖动了一下。

“一切都会在今晚见分晓，一旦错过这个机会，不知道他们会采取什么对策，他非去不可。”

千寻轻轻咳了一下。

“你也和他说相同的话，我没想到你是这种人。”

“你还是睡一下吧。”

听到我的话，她安静了下来。

“我今天才拿掉他的孩子。”

她冷不防地说道。

“已经三个月了，眼睛和嘴巴都成形了，都有人的样子了。”

光线太暗了，看不到她的眼泪，但可以听到她啜泣的声音。

“无论工作再怎么重要，今晚陪我一晚又有什么关系。他知道我是带着怎样的心情去医院的吗？难道女人的心情不重要吗？他以为我每天是抱着怎样的心情为他做饭、为他准备衣服？我告诉他我怀孕了，他居然说最近很忙，没时间……怎么会有这种事？是不是把我当成傻瓜了？”

“呜呜……”千寻用包着绷带的左手擦着眼泪，我觉得她好悲哀。

“时机不凑巧，就这样而已。”

听我这么说，千寻再度陷入沉默，寂静的房间内只剩下她吸鼻子的声音。

不知道为什么，我想起杉山博人的背影。有人在挫败中仍然全力拼搏，我们也应该全力以赴，这是这个世界的游戏规则。我很想这么问栗田千寻，为什么她连这么简单的道理也不懂。

这时，千寻第一次转头看着我。

“不过，你这身打扮真奇怪。”

我这才想起身上还穿着门童的制服。

“会吗？”

“当然会啊。”

千寻笑了起来。

“你们好像傻瓜，到底在干吗？”

“那倒是。”

我也跟着她笑了起来。

千寻终于恢复了挑衅的眼神。

"我们应该完了吧？"她突然用轻松的语气问道。

"很遗憾，但我想应该是吧。"

这种时候，我不会说安慰的话。

大颗的眼泪从千寻的眼中流了出来，她双手掩面。

"你走吧，我不想看到你。"

我浑身紧张，以为她会有进一步的反应，但她只是背对着我，肩膀微微颤抖呜咽起来。

千寻睡着后，我帮她盖上毛毯，在一旁陪她到天亮。本乡先生在早晨七点左右才回家，他探头看着熟睡的千寻，对我露出微笑。他的表情就像是小孩子。

"对不起，你要不要去隔壁房间睡一下？"他说。

"接下来有什么打算？"我问。

本乡先生举起带回来的便利商店的袋子，小声地说："我想帮她做一顿美味的早餐。"

我向他确认："今晚把稿子完成就可以了吗？"

"对，我也向濑川预告说，明天早报会刊登。那些大人物今天一整天都会忙坏了，鹿岛去应付他们就好，我们可以晚上再进公司。"

"好，我知道了，那我先走了。"

本乡先生说了声"好的"，把我送到玄关。

户外阳光灿烂，吹在脸上的冷风很舒服。不知不觉中，时序已经进入秋季了。

回到公寓，从冰箱里拿出啤酒喝了起来，不禁想起千寻哭肿的睡脸。即使如此，她应该会在中午之前醒来，发现在身旁沉睡的本乡先生，不知道她会有什么感想？上厕所时，她应该会看到内裤上堕胎的痕迹，下腹部也会胀痛，会有好长一段时间感觉身体懒洋洋的，浑身无力，感觉有点发烧，吃本乡先生难得亲手做的饭菜也食之无味（反正本来就不可能好吃）。接下来会有好几天洗澡时必须夹紧白皙的大腿，看到浴室镜子中映照出自己憔悴的身影，会忍不住泪流满面。

然后，她就像蜕变般，对本乡先生的感情也渐渐淡化。

我强烈希望事情的结果会是这样。因为我觉得这才是适合她的结局。

10

我在公寓小睡了三个小时左右，中午过后就进了公司。我一走进编辑局，鹿岛局长就走到我的座位旁。

“平井，你来一下。”

说着，他带我走进小房间。当我们面对面坐在棕色长桌子前时，局长神色紧张地说：“这次采访辛苦了，你按原来的计划，今天晚上之前写好稿子。”

“大藏省有来关切吗？”我问了最关心的事。

“刚才，内田局长来找我。局长承认，光荣银行和第一中央银行合并的事的确如你和本乡采访的，目前正在进行洽谈，不过，他希望暂时不要报道。当然，到时候会让我们做独家新闻，但在我们报道的同时，大藏省必须同时召开两行合并的记者会。目前还有一些条件没有谈妥，所以希望可以有一点缓冲时间。”

鹿岛有点吞吞吐吐。

“所以，今晚你先写好稿子，我们也不能完全相信大藏省的约定，必须随时做好付印的准备。不过，我已经和内田局长约好，随时和他保持联络，由他提供第一手信息。”

我惊讶地问：“这么说，明天早报不登了吗？”

“不，不是这个意思，但也不排除这种可能。如果对方的行动不值得信赖，我们就要登。”

鹿岛露出为难的表情，我认为事有蹊跷。

“本乡先生答应了吗？”

“我还没有通知本乡，只是要先说服你。”

鹿岛顿时摆出高压式的上司态度。

“我不能擅自决定，这件事必须和本乡先生商量。”

鹿岛露出不悦的表情，但立刻收了起来。

“好吧，那等本乡来了之后，再一起问他。他也差不多该来了吧？”

“应该吧。”我回答说。

走出小房间，我感到怒火中烧。鹿岛到头来根本是内田的傀儡。今天早晨，本乡先生很放心地说，可以交给鹿岛去处理，他为什么相信鹿岛？这种失算不像是他的作风。难道是因为和千寻的节外生枝让他失去了应有的判断力？

然而，当我打电话向本乡先生报告这件事时，他竟然很轻松地说：“我就知道。平井，你不要生气，你的报道明天绝对会上报。”

本乡先生自信满满地说完，又用带着睡意的声音说：“我傍晚会去公司。”就挂了电话。

傍晚六点过后，本乡先生才终于到公司。在等待他的这几个小时里，我坐立难安。我和本乡先生两个人立刻再度去找鹿岛局长交涉。

本乡先生劈头就问：“内田只是叫我们再等一下，没有说等多久吗？”

鹿岛点点头。本乡先生看着我的脸奸笑了一下，又转头看着鹿岛。

“鹿岛先生，这么看来，昨晚酒田和坂本的交涉触礁了。内田很担心是否会出现变数。一定是席间接到了濑川的电话，酒田认为一旦事先泄露合并消息，很难整合行内的意见。所以，当务之急就是要压下我们的报道。如果光荣内部得知这个消息，一定会出现强烈反弹，搞不好会造成双输的结果。即使是大藏省，也不敢采取这么强硬的态度。”

说着，本乡先生更加强了语气。

“真伤脑筋，一旦我们写这篇报道，这起合并案破局的可能性相当大。这么一来，好不容易采访到的独家新闻就泡汤了；但如果不写，大藏省就会强势推动合并。至于在合并之前是否会向我们打招呼，我认为无法完全相信大藏省。”

鹿岛用力点头。

听了本乡先生的话，我终于了解他为什么非在昨天晚上去见濑川了。本乡先生想根据大藏省对我们报社的反应，来了解这场合并交涉的进展。同时，在第一次高层交涉时，让他们知道消息已经走漏，激发光荣方面的拒绝反应。

我终于想起本乡先生在向我提这件事时曾经说：“我要破坏这场合并。”

“不，我认为可以静观其变，等时机再成熟一点。目前的确不知道可以信任大藏省到什么程度，但内田至少已经答应我们。所以，我认为等交涉更进一步时再登比较好。如果因为我们的报道搞砸了这场合并，等于把自己的报道变成错误报道，必须谨慎处理。”

本乡先生轻声嘀咕说：“原来如此。”然后，三个人都陷入沉默。

“不过，鹿岛先生，如果大藏省背叛我们，率先发布这个消息，我们却延误报道，你必须为此负责。现在刊登的话，即使事实没有成真，至少现阶段的确在进行合并交涉，我们并不算是完全错误的报道。”

本乡先生语重心长地说道。

“所以，可不可以请你请大藏省明确地向我们保证？一旦决定合并，必须立刻通知我们，让我们登这则新闻。目前只是因为还没有最后的结论，所以叫我们暂缓，如果无法得到他们明确的保证，怎么对得起‘中央经济新闻’这块招牌？”

“嗯，是没错……”

鹿岛的脸色发白。

“那请你现在打电话给内田，他应该还在办公室，请他把话说清楚。如果他无法明确保证，我们的报道就要见报。”

本乡先生说完，起身拿起小房间桌上角落的电话，用力放在鹿岛面前。

“但是……”

鹿岛显然很犹豫。

“不，他们只说等一下，我们根本无法解读对方的动向，搞不好事情已经谈妥，明天就会突然公布。可能他们一开始就看破我们的手脚，想欺骗我们。总之，这一点一定要问清楚。我们已经把相关资料都搜集完整了，平井也已经摩拳擦掌了。”

鹿岛无可奈何地拿起电话。我觉得鹿岛受到本乡先生的压力，乱了方寸的样子很可笑。

他慢慢拨了电话。

不一会儿，内田接了电话。鹿岛把本乡先生刚才说的话转达给内田。

“不，我的意思是，如果无法确定时间，或是事先不特别通知我们，写这篇报道的记者恐怕无法答应。”

类似的对话拖拖拉拉持续了将近十分钟，本乡先生对鹿岛说：“我来说。”然后几乎用强硬的态度从鹿岛手上抢过电话。

“我是中经的本乡，好久不见。听说你今天特地莅临本公司，真的很不好意思。刚才我已经听局长说了大致的情况，如果只是一味地叫我们不要写，我们不可能答应。”

我发现本乡先生突然改用大阪腔说话，不禁吓了一跳。

“当然，我也能了解你们的处境，万一搞错了，事情就大了。我们已经掌握了消息，材料也都搜集齐全，明天早报头版可以全篇报道。如果没有足够的理由就临时喊停，姑且不论鹿岛局长和我，就连下面的记者都根本无法说服。因为这两个月来，他们废寝忘食地追这条新闻，所有时间都耗在上面了。”

“是啊，是啊。”本乡先生面带微笑地附和着。

“这是你们的说辞，虽然你提到信用不安，但当初是大藏省成立那么多家体质脆弱的银行，事到如今才提出什么维持金融秩序、预防挤兑，叫我们怎么接受？天下有哪一家公司已经千疮百孔，却不让它倒闭的？看到银行岌岌可危了，就干脆找另一家来合并的道理也让人无法理解，你们的责任不就是避免国民收这种烂摊子吗？现在却说什么会让事情曝光，叫我们不要报道，未免太异想天开了。别以为只要扛着政府的名号就可以搞定所有的事，你搞错对象了。”

“本乡，本乡。”

鹿岛在一旁听得惊慌失措，伸手想抢走本乡先生的电话。本乡先生用右手捂住话筒，把电话拿到一旁，对鹿岛说：“外行人闪到一边去，你这个蠢蛋！”

鹿岛的脸渐渐发黑，起身踢开椅子，走出了小房间。怒气冲冲地用力关门的巨大声音响彻整个房间。我目瞪口呆地目送鹿岛局长离开，但他显然是对敢向大藏省高层发脾气的本乡先生心生畏惧，为了逃避责任而溜之大吉。本乡先生一脸正色，再度拿起电话。

“内田先生，你们向来在金融界为所欲为、无所不能，根本不需要为区区报社写的报道大惊小怪。如果光荣不听话，就今晚加把劲，让他们点头就好。以前你们不就是这么做的吗？距离我们的报纸上市还有半天的时间，你不需要耗那么多时间和我讲电话，赶快把酒田和坂本找来谈妥合并的事不就皆大欢喜了吗？总之，我们会照登不误，鹿岛局长也做好了心理准备，即便你说破嘴皮也无济于事了。”

本乡先生改用东京腔说完最后一句话，慢慢挂上电话。

11

最后，光荣银行和第一中央银行的合并破局了。我写的报道在金融业界引起一场轩然大波。刊登报道当天，第一中央银行的股票在证券市场出现暴涨行情，随即暴跌。第一中央银行的经营危机实况也一下子浮上了台面。

光荣银行职员听到这个晴天霹雳的消息后，强烈反对这起合并案。由于这项合并案几乎是被光荣并吞，所以第一中央银行的高级主管也有人公开表示反对，局面已经变得一发不可收拾。

令我意外的是，在大型都市银行中排名仅次于光荣银行的明信银行总裁饭山正美大肆批判光荣银行和第一中央银行的合并。明信和第一中央之间为了争夺第一，不时展开激烈竞争。明信银行极度担心一旦光荣银行合并第一中央银行，成为超级银行，明信银行就永远没机会成为第一了。同时，身为总裁的饭山敏感地察觉，一旦光荣顺从大藏省的意愿，接下来就轮到明信接收某家拥有不良债券的银行。饭山是全国银行协会的前任会长，也是经济团体联合会很有实力的副会长，在财经界具有相当的实力，听说也是现任联合政府首相青柳浩一郎的后盾。

这次的合并因为遭到饭山的强烈反对而彻底失败。除了光荣银行和第一中央银行在当天就举行记者会否定这篇报道外，三天后，主管机关的大藏省也不得不由内田局长出面亲自发表声明：

“《中央经济新闻》的报道是无中生有，完全不是事实。”

然而，所有业界的人都不相信我的报道毫无根据。正如本乡先生所预测的，我的报道使大藏省不得不撤回原本想强硬推动两行合并的政策。

都市银行排名第五的第一中央银行都被逼到差一点惨遭合并的地步，在目前银行整体经营危机的严重性方面给国民留下了深刻的印象。正值开会期间的国会设立了众议院金融问题特别委员会，执政党和在野党的议员同声谴责大藏省之前在行政指导方面的疏失，并认为必须追究责任。

大藏省官僚设置不专业的不动产收购机构、轻率地降低银行放贷利率、禁止法人投资者买卖股票等称不上是根本的金融行政政策，试图粉饰太平的行为遭到严厉的批判。

我在电视上看到内田额头冒着冷汗在国会进行政府官员答辩时，心里忍不住大喊痛快。

我写的报道见报的翌日，我拿着刊登了本乡先生采访明信银行总裁饭山强烈抨击合并案的晚报，走到像往常一样傍晚才到公司的本乡先生座位前。

"本乡先生，这也是你一开始就计划好的吗？"

我把报道递到他面前，本乡先生奸笑着。

"我果然没有猜错。"

当初就是因为饭山居中斡旋，我才能顺利在那家饭店当门童。

我仔细一看，发现本乡先生今天显得格外神清气爽，平时的胡楂也刮干净了，看起来年轻了五六岁。

"那家饭店是明信集团的企业投资兴建的，一听到饭店名字，我就知道有搞头。内田和坂本都没有注意到这个问题。银行局局长就只有这种程度而已。"

本乡先生说："我认为饭山正美是日本最后真正的银行家。"

我终于问出了一直很疑惑的疑问。

"鹿岛先生为什么最后没有阻止那篇报道见报？"

本乡先生再度笑了起来。

"他只能那么做。"

我偏着头问："什么意思？"

本乡先生把椅子拉了过来。

"平井，你知道我们报社的主要往来银行是哪一家吗？"

听到这句话，我终于了解为什么鹿岛局长最后同意刊登那篇报道了。

"主要往来银行的高层直接打电话给我们报社的记者，鹿岛也只能听命行事。而且，对方是饭山正美，我们印报纸也是在做生意。"

"那为什么不一开始就这么告诉局长？"

"哼哼。"本乡先生用鼻子出气，"因为我想让他刻骨铭心地知道自己的胆子有多小。受到来自大藏省而且是银行局局长直接的压力，那个胆小鬼一定吓破了胆。越是平时耀武扬威的家伙，这种时候就越不敢张扬了。鹿岛就是典型的这号人物，我骂他的时候，你有没有看到他的表情？脸色都发青了，恐怕吓得尿裤子了吧？"

说着，本乡先生哈哈大笑起来。

"这四年来，他是我唯一无法原谅的人。自己的女人被别人抢走后，竟然自己在公司里张扬这件事，还在这家公司装出一副了不起的样子，我对他忍无可忍。"

"这么说……"

原来是鹿岛局长自己在公司里散布加奈子曾经是他情妇的流言。本乡先生一开始就知道这件事吗？还是结婚后才得知的？

“那种男人唯一的本事就是虚张声势，这次的事应该把他的自尊心伤得体无完肤了吧。不仅如此，大藏省永远不会忘记这个仇，然后就会或暗或明地给中央经济新闻社压力。到那时候，那家伙就会成为箭靶。大藏省绝对不会原谅鹿岛，我们报社也是开门做生意的，老板也不可能提拔大藏省的眼中钉。”

听了本乡先生的话，我倒抽了一口气。难怪他在和内田通电话时不时提到鹿岛的名字，但这么一来，大藏省痛恨本乡先生的程度不是远远超过编辑局长吗？

“但是，你也……”

我忍不住小声说道。而且，我也在劫难逃吧？

“不好意思，平井，我做到今天而已。”

“什么？”

“刚才我已经递了辞呈。”

“你说什么？”我惊慌失措地大声问道。

“平井，你还年轻，不用担心。”

我不知所措。这个消息未免太突然了。

“本乡先生，你说你辞职，到底是怎么一回事？”

本乡先生用一如往常的语气淡淡地说：“我太大意了，

造成了加奈子的困扰。我知道她有事瞒我，但做梦也没想到她曾经是鹿岛的女人。当我得知这件事后，对她恶言相向，她完全没有辩解。我不知道该怎么做，老实说，当初我并不知道该怎么做。我喜欢这份工作，不顾一切地喜欢。这和对加奈子的感情是两码事。现在，我终于抛开一切了。现在正是时候。其实，我四年前就应该辞职的，即使为了加奈子，也应该这么做。她心里应该也是这么期待的。虽然有点为时太晚，但现在这么做，至少还来得及弥补。”

我回想起只见过一面却在内心留下深刻印象的本乡加奈子的脸。那天晚上，在本乡先生家门口简单的对话中，我之所以深深被她吸引，难道不就是因为我感受到她忍耐了所有事、压抑自己，默默等待丈夫归来吗？

我应该一开始就知道，栗田千寻根本不是对手。千寻自己应该也切身体会到了这一点。

我看着本乡先生脸颊微微抽搐的微笑表情这么想道。

12

平成五年十月三十一日，本乡孝太郎从中央经济新闻社离职。三十一日晚上，在公司十八楼的会议厅，我们为他举行了盛大的欢送会。

会场聚集了超过三百人，我远远地看着他。回想起来，我和他真正相处才两个月而已，但在这两个月中，我在他身上学到了很多。我似乎会爱上自己的工作，即使无法和本乡先生相提并论，即使缺乏像他那样的天分，也已经点燃了内心斗志的火焰，要一辈子投入这份工作。

董事长以下的所有高级主管都到齐了，鹿岛局长的欢送词特别长。本乡先生站在更高一级的舞台上，面带微笑地看着他，听他的致辞。加奈子太太也坐在旁边，她的手上捧着一束很大的花束。

栗田千寻站在我身旁，她也目不转睛地看着本乡先生。本乡先生不时看向我和千寻的方向，每次我们的目光交会，他就会露出那个特有的奸笑。

我不知道那天之后本乡先生和栗田千寻之间到底发生了什么事，但在会场一看到她，很自然地走到她身旁。

同事每次提到本乡先生的往事，就会引起阵阵哄堂大笑。本乡先生腼腆地低着头，肩膀微微抖动着。加奈子太太在一旁掩嘴笑了起来。

我不时看着身旁的千寻。千寻发现了我的视线，微微点头。

我为千寻添了不少菜，也帮她调了酒。

欢送会在两个小时后结束了。本乡先生和他太太在鹿岛局长和其他准备续摊的人员的陪同下，走向出口。有同事邀我一起去，但我谎称工作还没有做完婉言谢绝了。

“要不要去喝酒？”我邀栗田千寻。

两天前，我向久美子提出分手。

“好啊，今天畅快地喝吧。”千寻说。

然后又低声嘀咕：“我无法得到那束花。”

顺着千寻的视线望去，发现手捧花束的加奈子刚好走出门口。

“总有一天，你会收到更大的花束。”我说。

“是吗？”

“那当然。”

后记

本书《草上的微光》收录了三篇作品，首先，我以作者的身份介绍一下。

和书名相同的《草上的微光》是令我充满回忆的作品之一。执笔时间是二〇〇三年一月，如果我没记错，这篇作品几乎不到半个月就完成了。篇幅差不多是一百五十张四百字稿纸的程度。平时，这个篇幅的作品最快也要半个月，通常要一个多月才能写完。因此，这篇算是写得很匆忙的作品。这也是本书三篇作品中的最新作品，执笔时，我已经四十四岁了。

令我充满回忆，正是我写这篇小说的理由。

虽然目前的情况也和当时没有太大的差别，但那时候，种种原因导致我经济窘迫，几乎到了不知道下个月的房租在哪里的地步。

连向来不离手的烟也买不起，每次站在自动贩卖机前，就很严肃地扪心自问：“什么时候可以再度一口气买两包烟？这种日子还会再来吗？”

当时的心境强烈反映在二〇〇一年发表的《咫尺天涯》中的主人翁柴田龙彦身上，有兴趣的读者不妨参考。

三年前的一月，我真的陷入了债台高筑的状态。

到了这个地步，写小说就是唯一可以自救的方法。我只能写小说卖给出版社拿稿费。

因此，这篇《草上的微光》是我有生以来第一次为糊口而写的小说。

完成后，我把稿子交给光文社的大久保雄策先生。很幸运的是，编辑部决定刊登在《小说宝石》上，所以很快就领到了稿费，我至今仍然难以忘记当时松了一口气的安心感。

我在那一年辞去工作。《草上的微光》正是我自立门户后推出的第一篇作品。

第二篇《砂之城》是我个人非常喜欢的作品。

这篇作品是很久以前写的。虽然没有准确的记录，但应该是一九九四年左右。二十年前，我才三十五岁，主人翁矢田泰治六十三岁，已经是独树一帜的作家。我为什么会想写这种人物？如作品中也稍微提到的，其实是我借由大幅更改书中的角色，来充分描写自己。

第三篇《花束》比《砂之城》写得更早，差不多是前一年的一九九三年年底写的。当时我在文艺春秋的月刊杂志《文艺春秋》担任编辑，平时经常和中央政府机关的官员和永田町的各式各样的政治家接触，开始对于他们的思考形态和权力的内情有了某种程度的见解。当时我记得是一气呵成地写完了这篇小说，好像被什么东西附身似的两三天就完稿了。

对当时的我来说，很难得写这种明亮色调的作品。《砂之城》和《不自由的心》中所收录的该时期的其他作品几乎都是描写人生的困难的，因此形成了明显的对比。

《花束》收录在一九九四年我以泷口明的笔名出版的《第二世界》中。这次出版文库版时也收录在本书中和读者分享。

回顾《砂之城》和《花束》，我得以稍微回想起当时的我到底在想什么。同时发现，三十多岁时面临的课题对年近五十的我而言，仍然是很大的课题。

孩提时代，我很早就对自己身处的这个社会产生了强烈的意识。从这一点来说，我算是相当早熟的孩子。至今仍然记得我读小学时，我最大的恐惧就是“万一明天发生核战争，这个世界或许会毁灭”。然而，班上的同学当然不可能和我这种奇妙的烦恼产生共鸣，因为我的周围都是一年级的小学生。

因为我从小体弱多病的关系，姑且不论表面看起来如何，内心极其孤独和绝望。我并没有什么朋友，双胞胎弟弟是我在学校生活中唯一的依靠。

对年轻时代的我而言，自己周遭的社会很可怕，至少冷酷无情，不可能拯救我。

进入社会后，站在不光是为了自己，还必须为公司这个组织贡献成果的立场，我反而觉得比学生时代更轻松。因为在此之前，社会始终是我没来由地感到害怕的对象，如今终于具体掌握，虽然所掌握的只是其中的一小部分。也就是说，我更加接近恐惧的真实面目。同时，我也邂逅了可以称为朋友的人。

之后，我比小时候更现实地思考要如何和这个棘手的社会保持良好的关系，至今仍然持续进行这项作业。这种个人和社会之间的关系，正是我努力在小说中描写的主题之一。

经常有人批评我的小说都是以精英分子作为主人翁，而且是男性中心主义，不堪卒读。然而，我却认为这种看法太肤浅，我在自己的作品中想表达的是：即使在这个社会上获得成功，实现了梦想，也不一定代表成功者的精神层面获得了成长。

现代人的最大谬误，就是经常把尊重自由、尊重个人、自我责任挂在嘴上，但在现实人生中，每个人都因为胆小而不得不为国家而活、为组织而活、为家人而活。

包括法律和正义在内，这个社会的规则和架构都只提供了个人生活的方便。对我们的人生而言，这些根本不是本质性的，甚至可以说是微不足道的事。进一步来说，“我”的肉体必须受限于社会这个空间，但是活出自己的人生重点并不在于肉体，而在于“我”的心如何走过这一段人生。人类如果无法克服肉体的恐惧，真诚地为自己的心而活，这个社会上的残暴、残虐和差别就不会消失。

我认为不需要为这个复杂多样的世界感到困惑、沉醉或是不知所措。因为，“这个世界到底是什么”的问题其实只是幻影，我们每个人只需面对唯一的问题，那就是——

我到底是谁？

我并不是为世界和社会而活，而是这个世界、这个社会为我而存在。

我们到底能够在何种程度上真正相信这个简单的事实？

希望因为某种机缘拿起这本书的读者细细品味书中收录的三篇作品，我相信一定可以体会到我通过作品想表达的思想。

如果想进一步了解这方面的想法，敬请参考我的其他作品。

二〇〇六年四月十四日